KB053062

위로가 될진 모르겠지만

하고 싶은 말들이 많았다. 자기표현을 좋아하기 때문이다. 하지만, 사람들 앞에만 서면 이상하게도 나는 작아졌다. 자연스레 하지 못한 말들은 쌓여갔다. 관계에서는 고립되기 시작했고, 말이 없던 나에게 사람들은 먼저 관심을 기울여주지 않았다.

우연한 기회에 글을 쓰기 시작했다. 초기에는 아무도 반응해 주지 않았다. 나는 포기하지 않았다. 말할 곳이 필요했기 때문이다. 아무런 제약 없이 내 이야기를 담아 주는 공간에 점차 매료되었다. 익명이라는 가면 뒤에 숨어 솔직한 경험을 써 내려갔다.

사람들은 저마다의 방식으로 관계를 맺는다. 유사한 방식은 있을지라도 똑같은 방식은 없다. 나는 내 마음을 사람들이 알아주기만을 바랄 뿐, 먼저 다가가서 말을 걸 용기를 갖지 못했다. 나와 가까워지기를 원했던 사람들은 내가 말 걸어주기를 기다리지는 않았을까. 묻지 않았으니 여전히 모를 뿐이다.

살기 위해 분투했던 4년간의 기록들을 정리했다. 과거에 썼던 글들은 투박하여 지우고 싶었지만, 원본을 최대한 유지했다. 현재의 내가 과거의 나에게 조언하는 건 반칙이라고 생각하기 때문이다. 그때의 나는 최선을 다했다. 다소 부족하게 느껴질 수도 있겠지만, 진심은 통할 거라는 작은 기대를 해본다.

내가 만났던 사람들과의 이야기가 적혀 있다.

누군가를 직접적으로 지칭하거나 비난할 의도로 적은 것은 아니며, 일부 각색된 부분도 있으니 참고하길 바란다.

책은 그대를 위해 편지를 쓰다, 보름달을 보며 우리를 생각하다, 마음에 귀 기울이며 진심을 적다라는 3가지 장으로 구분했다. 1부에서는 사람들에게 전하고 싶은 이야기를, 2부에서는 나와 관계를 맺었던 사람들과의 이야기를, 3부에서는 직장 생활을 하며 성장해 가는 나의 모습을 담았다. 각 장으로 구분되어 있지만, 관심이 가는 글부터 하나씩 읽어나가기를 권한다. 한 번에 읽고 잊히는 책이 아닌, 두고두고 꺼내어 보게 되는 책이 되었으면 좋겠다.

글은 '나'이다. 이 책을 통해 '나'와 만나게 되었으니 우리는 구면인 셈이다. 어딘가에서 만나게 된다면 따뜻한 인사를 먼저 건넬 수 있는 내가 되길, 또한 우리가 되길 바란다.

김수호

목차

1부
그대를 위해 편지를 쓰다

2부

보름달을 보며 우리를 생각하다

3부

마음에 귀 기울이며 진심을 적다

●

삶의 이유에 대해 끊임없이 되묻는, 지금 이 순
간에도 우리는 나아가고 있다. 스스로를 의심할 수
는 있지만, 부정하지는 않았으면 한다. 서툴기에
노력하고 있으니까. 우리가 나아갈 길은 우리 스스
로 결정할 수 있다.

1부

그대를 위해 편지를 쓰다

괴로운 밤, 그대에게

언제부터였을까. 밤하늘의 별은 보이지 않았다. 두 눈을 가득히 채우던 별빛은 생생하게 떠오르지만, 텅 빈 하늘에는 인공위성 몇 개만이 유독 반짝일 뿐이었다.

인생도 그러하다. 어릴 적, 바르게 커나갈 수 있도록 지켜주었던 애정 어린 눈빛들은 성인이 된 우리에게 더 이상 보이지 않는다. 그 자리엔 해내야 한다는 시선들이 들어찬다. 그저 앞만 보고 걷게 된다. 인공위성에 가까워지기 위해. 인공위성을 닮기 위해.

우연히 올려다본 하늘에는 수많은 별이 빛나고

있었다. 안개가 자욱하여 뚜렷이 보이지는 않았지만, 구름에 가려 오래도록 보이지는 않았지만, 인공위성과는 다르게 우리를 비추고 있다. 느껴보자. 따스하고 다정한, 아무런 요구 없이 건강하게 지내길 바라는 별들의 눈빛을.

깨닫는다. 우리를 사랑해주는 사람들은 변함없이 반짝거리고 있다. 어쩌면 보이지 않았던 게 아니라, 고된 현실에 치여 잊고 있었던 건 아닐까.

감사한 마음으로 밤하늘을 올려다본다. 별은 여전히 빛나고 있다. 오직, 그대를 위해.

여민 옷깃 파고드는
바람 불어와도
낙심하지 말자

안개 자욱하여
보이지 않을지라도
별은 여전히 빛나고 있다

어머니의 눈처럼
아버지의 마음처럼
모두 잠든 밤
홀연히 깨어나
비출 것이다

그대를 위해

운전을 하면 도로를 이용하게 된다. 도로에는 4차선 도로에서부터 2차선 도로, 일방통행 도로와 좌회전, 우회전 혹은 유턴이 가능한 도로처럼 그 종류가 다양하다. 이러한 도로들이 혼재되어 있는 지역에서 내비게이션은 나아갈 길을 상세하게 알려준다. 목적지까지의 거리와 예정 도착 시간, 이용 가능한 예비 경로와 실시간 교통상황은 또한 운전자에게 편리함을 제공한다.

내비게이션은 어느덧 운전필수품이 되었다. 안전하고 편안한 주행을 하도록 운전자를 돕지만, 길이 정해져 있는 운전은 따분하게 느껴지기도 한다. 운전 시에는 조심해야 하는 게 맞고, 목적지에 도착하기 위한 최적의 경로가 설정되어 있기 때문에 내비게이션의 안내를 따라야 한다. 하지만 다소 멍해지는 게 현실이다. 어릴 적, 친구들과 동네 골목을 탐험하며 새로운 길을 개척했을 때의 쾌감과는 다르게, 기계에서 나오는 목소리에 의지하여 길을 찾아가는 과정은 흥미를 불러일으키지 않는다.

우리의 삶은 운전과 비슷하다. 내비게이션의 목적지를 인생의 목표라고 생각해보자. 내비게이션 같은 존재가 우리가 원하는 삶에 도달하는 길을 알려주었으면 할 때가 있다. 그럴 수만 있다면 미래에 대한 불안함이 가시고, 주어진 현실에 만족하며 살아갈 수 있을 거라고 생각했으니까. 하지만, 이내 지루하게 느껴질 것이다. 어떤 노력을 기울여도 도달할 목적지는 정해져 있고, 다른 경로를 선택할지언정 예측 가능한 결과만을 얻게 되기 때문이다. 다가오는 내일이 불안하고 두렵지만, 오늘을 열심히 살아갈 수 있는 이유는 그 무엇도 정해지지 않은 것이 우리의 삶이기 때문이다.

'저 너머엔 무엇이 있을까?' 궁금할 때도 있지만, 확인하고 싶지 않다. 하나의 목적지를 두고서 계속 나아가고 싶다. 비록 나아가는 길이 명확하지는 않을지라도, 여러 길을 눈으로 새기며 알아가고 싶다. 잘못된 길이라도 상관없다. 직접 가 보지 않으면 모르는 것이니까. 최선을 다해 부딪치고 싶다. 내일이 오지 않을 것처럼, 순간의 두근거림으로 가득한 오늘 이 시간을.

삶의 이유에 대해 끊임없이 되묻는, 지금 이 순간에도 우리는 나아가고 있다. 스스로를 의심할 수는 있지만, 부정하지는 않았으면 한다. 서툴기에 노력하고 있으니까. 우리가 나아갈 길은 우리 스스로 결정할 수 있다. 이 사실을 잊지 말고 아낌없이, 제 걸음으로 살아가기를 바란다.

● 듣기 싫은 말에는
● 하고 싶은 말로 대답하자
●

생각을 말로 표현하는 건 어렵다. 상황에 적절한 말이라 여겼지만, 듣는 사람에게 불쾌감을 줄 수도 있기 때문이다. 가족 사이에서도 하지 못하거나 어려운 말이 있다. 만약, 감정 실린 말을 낯선 사람에게 듣는다면 어떨까.

직장 안에서는 하루에도 수많은 말들이 오간다. 업무와 관련된 말에서부터 사소한 잡담에 이르기까지, 우리는 말로써 서로의 생각을 나눈다. 말은 의사소통을 위한 하나의 도구이다. 하지만 말만으로 상대방의 생각이나 의도를 모두 이해하기는 어렵다. 표정이나, 행동, 자세 등을 보며 우리는 부족한 정보를 보충한다. 서류는 말을 대신할 수 있는 좋은 수단이다. 해석하기에 따라 달라지는 말과 달리 오해의 여지를 줄인다. 그렇다면 전화로 중요한 내용을 주고받았을 때는 어떨까. 그것도 의견을 말하는 사람이 충분한 설명도 없이 자신의 생각을 강요한다면 말이다.

"하고 싶은 말 있으면 그냥 이야기해요. 담아두지 말고."

퇴근하던 길, 동료는 말했다. '그러게요'라는 대답이 마음에 번지는 걸 느꼈다. 말하지 못하고 속으로 앓고 있는 누군가에게 나 또한 비슷한 조언을 해줄 수 있다. 그러나 한 조직에 소속된 개인으로서 다른 조직과의 관계를 생각해야 하는 나에게는 어려운 말이었다.

그날 오후, 협력 기관의 관리자로부터 감정적인 표현을 들었다. 언성을 높이고 한숨을 내뱉으며 일방적으로 하는 말에, 도리어 떨리는 목소리를 잠재우기 어려웠다.

"그러니까, 이렇게 하라는 말씀인가요?"
협의된 내용을 갑작스레 바꾸려는 담당자에게

나는 물었다.

"네, 여러 이유 때문에 그렇게 해 주세요."

나는 그 안에서 합의점을 찾기 위해 되물었다.

"그러면 여러 이유를 고려하여 이 방법으로 해
도 괜찮을까요?"

"어……"

말꼬리를 흐리며 대답하지 못했던 담당자는
"잠시만요."라는 말과 함께, 자신이 속한 팀의 관리
자에게 전화를 돌렸다.

"제가 담당자분께 설명을 들었는데, 여러 이유
를 고려하여 이렇게 해도 괜찮은 건가요?"

나의 물음에 그는 짜증이 섞인 목소리로 대답했
다.

"아니요, 그렇게 하지 마시라니까요. 말을 왜 멋
대로 해석하고 그러세요!"

라는 말을 시작으로 내가 제안한 방식이 되지
않는 이유에 대해 설명했다. 구체적인 설명이 빠져
있었기 때문에 더 물어보고 싶었지만, 흥분한 그에
게 내가 꺼낼 수 있는 말은 없었다.

나는 그에게 불쾌한 감정을 느꼈다. 몇 년 전부

터 해오던 방식이 갑자기 되지 않는 이유에 대한 설명과 동의 없이, 기관 간에 협의된 내용을 바꾸려는 그의 일방적인 태도는 군대에서 보았던 상급자들과 다르지 않았으니까.

내가 들었던 말들을 고스란히, 내쉬었던 한숨과 높였던 언성까지 모두 상사에게 보고했다. 보고받은 상사는 협력기관 관리자에게 전화를 걸었다. 내가 들었던, 방식을 바꿔야 되는 이유를 면면히 물어보며 요구사항들을 정리했다. 기관끼리의 합의는 잘 끝난 것 같았다. 그러나 통화 내용에는 내가 느껴야 했던 불쾌한 감정에 대한 사과는 빠져있었다.

뒤늦게 끓어오른 화를 가라앉히지 못하고 이틀을 보냈다. 협력기관 관리자와 통화했던 상황을 되뇌었다. 다른 업무를 할 때에도, 퇴근을 할 때에도, 잠을 청하기 위해 침대에 누웠을 때에도. 흥분한 협력기관 관리자를 진정시키려고 애쓰지 말고 말했어야 했다. 나는 당신에게 무례한 말을 들어야 되는 사람이 아니라고. 구체적인 이유를 설명하지 않고 밀어붙이는 업무 태도가 불쾌하다고. 사과하라고.

하고 싶은 말은 해야 한다. 말을 한 이후에 상대방과 벌어질 상황이 두려울지라도, 그 말로 인해 관계가 틀어질지라도 마음에 이는 말들은 꺼내야 한다. 내가 생각해낸 말들은 현재의 '나'이다. 미래에 차분하고 고운 말을 쓰는 원대한 나의 모습을 상상할지라도, 오늘 이 순간에 느끼는 감정에 충실해야 한다.

스스로를 아끼고 사랑하기 위해, 감정이 알려주는 말들을 담아두지 말자. 듣기 싫은 말에는 하고 싶은 말로 대답하자. 세상을 건강하게 살아가기 위해서는 지켜야 하는 게 있다. 주변 사람들의 입장을 고려하며 참아내기에는 우리의 삶은 결코 길지 않다.

"제가 아는 사람은 웃으면서 하고 싶은 말을 다 하더라고요."

지하철역 입구에서 헤어지던 동료는 말했다. 하고 싶은 말과 기관 간의 관계 사이를 고민하던 내가 미련하게 느껴졌다. '다음번에 또 그러기만 해

봐라. 웃으면서 대꾸해줘야지.'라고 생각하며, 신
호등 앞에 줄지어 선 사람들 속으로 걸어갔다.

바빴던 평일을 보내고 여유로운 주말을 맞이하
게 되면 가끔 이런 생각이 들곤 한다.

'다시 돌아오지 않을 이 시간을 가만히 쉬며 보
내도 되는 걸까.'

5일간 이어지는 연휴의 시작, 토요일을 맞이하
는 나의 마음은 불안했다. 아무런 계획, 심지어 친
구를 만난다는 약속조차 잡지 않았던 나는 또한 외
로웠다. 중얼거렸다. '어느새 연휴가 끝나고 일상
으로 돌아와 있겠지.', '금요일 저녁 느꼈던 환희는
절망으로 바뀌어 구름에 가려진 노을처럼 살아가
겠지.' 하며.

긴 연휴의 시작, 비어있는 시간에 괴로움이 들어
찬다.

자주 가는 카페에 들렀다. 여느 카페보다 큰 규
모이지만 찾는 사람이 많지 않아 고즈넉하고 좋았
다. 차 한 잔을 시키고 자리에 앉아 생각했다. '남
은 기간 동안 무엇을 해야 의미 있게 보냈다고 할
수 있을까?' 하고. 그러나 비어있는 시간으로 들어
차는 건 두근거리는 여정이 아니라 쌓여있던 괴로
움이었다.

세상은 왜 이렇게 모진 시련의 연속일까. 학생
일 때는 학생의 신분만 벗어나면 행복해질 거라 여
겼는데. 직장인이 되어보니 학생일 때 겪었던 일들
은 그저 투정에 불과했다. 어른이 되어가는 게, 마
음과 다른 상황에서도 웃어야 한다는 게 쉽지 않다
는 걸 깨달았기 때문이다.

서른이 되었지만 나는 여전히 웃음보다 울음이
편하다. 사람들 앞에 서야만 제 몫을 다하는 웃음
보다, 스스로에게 거짓 없는 울음이. 그래서일까.
혼자 카페에 앉아 눈물을 글썽거리는 내가 안쓰러
우면서도 반갑다. 우려 속에 감춰두었던, 진심이

깨어나는 순간이니까.

마음이 괴로운 날, 그런 날이 오면 나는 마음속으로 작은 방 하나를 상상한다.

찻잔을 내려둔 채, 두 눈을 감고 나만의 방을 상상한다. 아무것도 놓여있지 않은 어두컴컴한 방. 그곳에 탁자와 의자를 들여놓는다. 탁자 위에는 하얀색 스탠드가 있다. 의자에 앉아 두 손을 가지런히 모으고 기도하면, 스탠드는 아련한 빛을 품는다. 그 빛은 괴로워하는 나에게 선하고도 투명한 마음으로 다가온다.

그 마음을 온전히 보고 있노라면 나는 용서할 수 있다. 나에게 괴로움을 주었던 사람들과 괴로워했던 나 스스로를. 가빴던 숨은 차분해지고, 무미건조한 눈빛은 아련해진다. 애써 설명하지 않아도 나를 이해해주는 방. 그 방에는 나만 들어갈 수 있고, 또 나만 알고 있다.

때로는 풀잎들이 재잘거리며 노래하는 곳이, 때로는 파도가 찰랑거리며 춤추는 곳이 되기도 하는 나만의 공간이 있기에 오늘의 내가, 또 내일의 내가 여전히 살아가지 않을까. 여전히 방에 머무는 듯했다. 카페에서 나와 동네를 산책하면서도 이따금씩 방이 떠올랐다. 그럴 때마다 방의 잔상에 집중하기 위해 두 눈을 감았다.

길게 늘어진 나뭇가지가 반갑다며 오른쪽 뺨을 스친다. 불어오는 봄바람이 감긴 두 눈을 두드리며 이제 그만 돌아오라고 이야기한다. 뜨여진 두 눈에 민들레 꽃씨가 한가득 보인다. 그들은 어디로부터 왔으며, 어디로 떠나는 것일까. 알 수 없지만, 이날만을 손꼽아 기다려왔을, 그들의 여정이 아름답고도 부럽다.

시기심에 손을 뻗어 훼방을 놓았다. 심하게 흔들리는 모습에 '방향을 잃으면 어떡하지.'하며 자책했다. 그러나 그들은 나의 손짓을 타고 담담히 나아갈 뿐이었다. 언젠가 겪어보았던 시련인 것처럼, 겪게 될 시련이라 여겼던 것처럼.

그 모습에서 내가 비친다. 뜻대로 되지 않아 괴로워했던 요즈음의 내가. 괴롭다, 괴롭다 여기며 별것 아닌 일에 의미 부여한 건 아닐지 다시 생각해 보았다. 역시 나에게는 괴로운 일이었다. 그 일로 인해 몇 날 며칠을 시들어가듯 살아갔으니까.

하지만 민들레 꽃씨의 여정을 보고 있으니 괴로움이 씻기는 듯한 기분이 들었다. 다짐했다. 비록 지금은 줄곧 방향을 잃는 나이지만, 그 잃었던 방향마저도 아름답게 기억할 수 있는 내가 되도록 살아가야지. 잠시 걸음을 멈추고, 두 눈을 감으며 스탠드에 불을 켠다. 민들레 꽃씨로 태어난 그들이 앞으로 맞닥뜨리게 될 여정을 상상한다.

● 상처가 쌓인 그대에게
●
●

　지난 주말, 방 청소를 했다. 누구는 샤워하듯 청소를 한다던데. 그럴 위인이 못 되는 나는 거의 보름 만에 방 안을 쓸고 닦았다. 머리카락과 과자 부스러기는 방바닥을 점령했었고, 책상 위는 어질러진 책들로 손 디딜 틈이 없었다.

　한 시간 동안의 청소가 마무리될 즈음이었다. 바깥바람에 흔들리는 창문이 눈에 띄었다. 이곳에 이사 온 지도 벌써 2년이 되었는데. 복도식 아파트라는, 지나가는 사람들이 방 안을 들여다보는 게 싫다는 핑계로 창문을 열어본 적이 없었다. 닿을

듯 말 듯한 손짓으로 머뭇거리다 '오늘이 아니면 언제 열어볼까?' 하는 생각에 용기를 얻었다. 고민 끝에, 열어 본 창문 틈에는 때가 잔뜩 끼어 있었다.

언제부터 끼었는지 모를, 때의 시작은 분명 먼지였을 거다. 후-하고 불면 날아갔을 먼지는 청소를 하지 않던 사이에 차곡차곡 쌓였고, 우연히 열어본 내 앞에 때가 되어 나타났다.

요즈음의 나는 찌든 때가 되어버린 먼지와 같다. 홀홀 털어버릴 일이었음에도 마음속에 쌓아놓고 괴로워했으니까. 별것 아니었다. 평소와 같았다면 아무렇지 않은 듯 웃어넘겼을 거다. 그러나 나의 기대와는 다르게 흘러가는 삶에서, 쌓이는 먼지를 털어낼 만한 용기를 갖지 못했다. 깨끗해진 자리에는 어느새 새로운 먼지가 쌓일 테니까. 쌓이고 쌓인 먼지는 결국 때가 되어버릴 테니까.

돌아보기 두려웠던 나는, 사람들이 먼저 알아봐주길 바랐다. '그래, 힘들었구나'라는 말 한마디와 괜찮다는 듯 토닥이는 손길과 함께. 그러나 먼지가 어둡고 깊은 곳에 눌러앉으려는 것처럼 나는 어둡고 깊은 곳에 들어가 나오지 않았다. 나오지 못했

다. 아무도 알아봐 주지 않으니까. 아무도 알아봐
주지 못하니까.

　물티슈로 서너 번 닦은 창틈은 새것처럼 반들거
렸다. 그 모습을 보며 생각했다. 누군가의 관심과
위로도 좋지만, 창문을 열지 않았다면 보지 못했을
때처럼, 스스로 마음을 열어 먼지를 닦아낼 줄도
알아야 한다고.

새로운 결심을 한 그대에게

아무렴, 어때요.
어차피 지나갈 시간이잖아요.

두리뭉실한 생각들로
그저 그렇게,
떠다니는 구름을 향해
손 한 번 내밀지도 않고
보낼 작정은 아니시겠지요.

망설이지 말아요.
오랜 고민 끝에
결심한 일이잖아요.

나아가는 거예요.
보폭이 좁을지라도
한 걸음씩, 내딛는 거예요.

그리던, 바라던
두근거리는
세상 속으로요.

후회는 실패에서
비롯되지 않아요.

후회란 시도하지 않았던,
두려움에 몸서리쳤던
과거의 그대를 끄집어내어
산산조각 내는 일이에요.

과거도 미래도 아닌
오늘을 살아가는 그대는
지금 이 순간을
아름답게 가꾸어가야 해요.

만약 그렇지 아니하면
과거의 그대를 배신하고.
미래의 그대를 저버리게 되어요.

두려워하지 말아요.
겁내지 말아요.

힘이 들지라도, 괴로울지라도
포기하고 싶을지라도요.

괜찮아요.
고개를 떨구어도, 한숨을 내쉬어도
눈물을 글썽거려도요.

알고 있잖아요.
굳이 말하지 않아도
그 무엇과도 비교할 수 없는
그대는 소중한 존재라는 걸요.

숙인 고개 위로
햇살은 쏟아지지 않아요.

하늘을 올려다보세요
비 온 뒤 맑게 갠 세상처럼
당장은 어두울지라도

조금씩 밝아질 거예요.

잊고 지냈던
한 줌 햇살이 다가와
그대를 비출 거예요.

꿈을 이루어가는 그대의 날들이
쉴 새 없이 떠드는 별보다
더욱 반짝였으면 좋겠어요.

언젠가 들려주었으면 해요.
둘도 없는,
세상에 단 하나뿐인
그대만의 이야기를요.

그때까지,
그날이 올 때까지
기다릴게요.

변함없는 마음으로
그대를 생각하면서요.

● 손을 놓아버린 그대에게
●
●

　출근을 위해 을지로3가역에서 환승을 하러 가고 있었다. 사람들이 많아 핸드폰을 주머니에 넣고 앞을 보며 걷고 있었다. 그때, 내 눈에 띄는 손들이 있었다. 그 손들은 등을 보인 채, 닿을 듯 말 듯 서로를 스치고 있었다.

　어떤 사이일까 궁금했다. 분명 남은 아니었다. 몇 마디 대화를 주고받았기 때문이다. 하지만 그들, 그러니까 여자와 남자는 서로를 바라보지 않았다. 앞을 보며 걸을 뿐이었다. 승하차하는 곳에 다다랐을 때, 나는 그들에게 '어떤 일이 있었던 것일까?' 고민하게 되었다. 나란히 걷고 있던, 그러나 미묘하게 떨어져 있던 그들의 거리가 관계에 대해 설명해주고 있었기 때문이다.

어떤 계기로 연인들의 손은 시계추처럼 변했을까. 마주 잡은 채 뜨거운 여름을 보냈을 손들은, 각자의 시간을 세어가며 나아가고 있었다. 무더위보다 뜨거웠던, 사랑이라는 이름 아래 보냈던 순간들이 이 길에서 사라져 가는 것만 같았다.

바랐다. 모두 나의 상상일 뿐이었으면 하고. 만약 내 생각이 맞다면 서로의 품을 되찾은 손들이 가을을 향해 함께 나아갔으면 좋겠다. 처음 마주잡았을 때의 그 마음처럼.

돌아서고 있구나
한때는 뜨거웠던
선연히 맺히는 땀에도
안위를 염려했던

체온으로 그을던 여름
살결에 닿아 흩어지는
가늘고 연한 바람 따라

달아오른 몸은 식어가고
코끝을 간질이는 꽃가루
재채기 되지 못하고
잠드네 꿈속으로

나란히 길을 걸으면서도
마주 잡지 못한 손
서로의 품을 찾으며
등을 보인 채 스치네.

수많은 표정과
마주하는 그대에게

하루에 우리를 스쳐 가는 사람은 몇 명이나 될까. 세어본 적은 없지만 못해도 수십, 수백 명은 거뜬히 넘을 거다. 집 안에서, 버스에서, 지하철에서, 길에서, 학교에서, 사무실에서 우리는 수많은 얼굴들, 그 안에 깃든 표정을 마주한다. 즐거움이나 괴로움과 같은 감정으로 덧칠된 표정을.

이런 생각이 들 때면 나는 어떤 표정을 짓고 있나 생각한다. 감정 그대로를 드러내고 있을까, 아니면 감정과 다른 표정을 드러내고 있을까. 일상에 치여 바쁘게 살아가다 보니 언제부터인가 표정을 잊고 지낸 듯하다. 지금 이 순간에도 어떤 표정일지 짐작이 가질 않기 때문이다.

나도 잘 모르는 나의 표정을 타인은 이해할 수 있을까. 어렵다고 생각한다. 물론 각자의 경험에 따라 추측하는 건 가능하다. 하지만 웃는다고 하여 모두 즐거운 게 아니고, 운다고 하여 모두 괴로운 건 아니다. 때로는 즐거워서 울고, 때로는 괴로워서 웃기도 하며 우리는 지내니까. 나는 스쳐 가는 수많은 표정들에 의미를 부여하지 않는다. 내 표정이 타인에게 멋대로 해석되지 않길 바라는 마음으로.

사람의 표정은 유채색이다. 명도와 채도, 색상에 따라 드러나는 색이 다르듯이, 어떤 생각을 가지느냐에 따라 그 사람의 표정이 다르게 보이기 때문이다. 누군가 '행복'을 생각하며 지은 표정을, 업무가 밀린 출근길의 내가 보았다면 '희망'이라고 오해할지도 모른다. 하지만 타인을 위하는 마음으로 바라보게 되면, 감정에 따라 시시각각 변하는 표정에 얽매이지 않게 된다. 표정만으로는 알 수 없었던 그 사람이 보인다.

무의미하게 지나치는 사람들을 뒤로하고, 소중한 사람들의 얼굴을 들여다보자. 몇몇 표정이 눈에 먼저 뜨일 것이다. 표정으로부터 떠오르는 생각은 잠시 뒤로하고, 기억하고 있는 가장 온화한 눈으로 그 사람을 바라보자. 우리의 마음이 담긴 '사랑'이라는 표정으로 보았을 때, 그 사람의 진실된 표정과 만날 수 있을 테니까.

여러분은 오늘 어떤 표정을 짓고 계신가요. 미소 짓고 있나요, 찡그리고 있나요. 아니면 다른 표정인가요. 괜찮아요. 사람, 상황을 의식하지 않고 자연스럽게 마음에서 나오는 표정을 지어주세요. 그대와 함께 살아가는 사람들이 어느새 다가와 사랑으로 물들일 테니까요. 여러분께서 그랬던 것처럼요.

여행 생각이
간절한 그대에게

얼마 전, 한 모임에 참석했었다. 활동 중에 서로에 대해 묻고 대답하는 시간이 있었다. 그중 기억에 남는 물음 하나가 '자신에게 일주일간의 휴가가 주어진다면 무엇을 하고 싶나요?'였다. 모임에 참석했던 6명 모두 "여행을 떠나고 싶다."라고 대답했기 때문이다. 바쁜 일상, 그 안에서 여행을 떠난다는 건 선물이자 특권이다. 낯선 땅 위에 서서, 그곳의 신비한 내음을 맡는 상상만으로도 우리는 자유로워진다. 뭐랄까. 일상에서 씌어진 '나'라는 이미지에서 벗어나, 진실된 '나'와 마주하는 기분이라고 할까. 하지만, 부족한 시간 앞에 여행은 그저 환상일 뿐이다.

오늘 오후였다. 소파에 앉아 음악을 듣다가 문득 흘러가는 시계의 초침을 바라보았다. 1분이란 시간 안에 1초는 분주했다. 마치 단거리 육상선수 같았다. 1분이라는 결승지점으로 들어가기 위해 초침은 쉼 없이 달릴 뿐이었다. 반면에 1시간을 기준으로 1초를 보니 마라톤 선수처럼 느껴졌다. 저렇게 달려서 언제 1시간을 채우려고 하는지, 까마득해 보였다. 1시간 앞에 1초가 이러한데, 하루 앞에 1초는 어떠할까. 초에 초를 잇고, 분에 분을 지나, 시간에 시간을 24번 더해야 완성되는 하루는 어쩐지 영원할 것만 같았다.

삶이 들려주는 이야기가 잔혹해지고 무거워질수록 우리는 여행을 생각한다. 아프고 괴로웠던 경험들을 여행지에다가 묻고 오면 황폐해진 마음에 새순이 돋아나기 때문이다. 여행을 떠나고 싶다는 마음이 간절했던 시간은 공교롭게도 초침을 바라보던 때였다. 분의 입장에서는 빠르지만, 하루 앞에서는 느린 초침은 나에게 말해주었다. "부족한 것은 시간이 아니라 여행에 대한 너의 생각이야." 라고.

우리는 언제든지 떠날 수 있다. 중요한 건 여행을 받아들이는 자세이다. 반드시 큰 비용과 긴 시간을 투자해야만 여행을 할 수 있는 게 아니다. 반복되는 일상에서도 우리의 여행은 현재진행형이다. 만원 버스에 올라 잠을 내쫓던 출근길도, 푸념으로 채색돼버린 퇴근길도 여행지에서의 시간처럼 보낼 수 있다. 특별할 수 있는 하루가 별 볼 일 없게 느껴진 건 우리의 마음가짐 때문이다.

발자국은 매번 같은 모양으로 남지 않는다. 동일한 신발을 신고, 같은 길을 걷는다 해도 마찬가지다. 우리가 연일 다른 하루를 살아가고 있다는 증거이다. 하루의 시간. 되돌아오지 않을 청춘의 나날들을 새롭게, 또한 자유롭게 살아가자. 지금 이 순간에도 우리는 여행 중이니까.

● 오늘 하루
● 민들레처럼
●

　기억이 떠오른다. 슬며시, 다가오는 봄볕을 뒤
로하며. 지나간 시간들로 채워진다. 느린 걸음 위
로, 시선을 하늘로 돌리며. 나아간다. 발굽 소리 지
나치며.

　기억이 머문다. 울었던, 웃었던, 화났던, 즐거웠
던, 우울했던, 행복했던. 뭉클하게 한다. 수많은 이
야기들은, 이내 가슴을 헤집으며.

　과거의 나, 내 삶은 중요하지 않다. 오늘을 살
아갈 뿐이다. 얽매이며, 눈앞의 사람들과 부딪치지
말자. 지금을 함께 이루어 갈 소중한 이들이니까.

　민들레처럼 피어나자. 여러해살이인 민들레는

뿌리를 남겨둔 채 매년 피어난다. 지난해 자신의
모습은 흙 속 깊숙한 곳에 묻고, 새롭게.

구름이 흐른다. 새들이 떠돈다. 뿌리내린 나는,
오늘을 살아가야 한다. 괜찮다. 다시 봄을 맞이할
나는, 새로운 마음이니까.

오늘부터, 내가 기억하는 행복한 모습으로 살아
가야지. 피어나야지. 곁에 머무는 사람들을, 노랗
게 물들이며.

● 이른 새벽
● 눈물짓는 그대에게
●

　무엇이 그대를 힘들게 하는 걸까. 이른 새벽 깨
어나 다시 잠에 들지 못할 만큼. 예상치 못한 일이
생긴 걸까. 아니면, 반복되는 일상에 지친 까닭일
까. 그 이유를 알 수는 없지만, 그대는 정직한 사람
이다. 담담한 표정을 지으며 말하던 어제와는 다르
게, 간절한 표정으로 달을 바라보고 있으니까. 아
침이 되면 그대의 진실된 마음은 달빛처럼 사라질
것이다. 하지만 괜찮다. 괴로워하지 말자. 우리는
비록 서로 다른 공간에 있을지라도 같은 시간을 보
내고 있으니까.

　지금, 떠오르는 얼굴이 있다면, 그 얼굴에 담긴
표정을 들여다보자. 아마도 그 사람이 자주 짓거나

인상 깊었던 표정으로 기억될 거다. 그러나 표정만 가지고 한 사람의 감정을 알아내기는 불가능에 가깝다. 그대의 속마음을 알아주지 못했던 몇몇 사람들을 떠올려보면 이해될 거다. 물론, 표현하지 않았기에 모르는 게 당연하다. 별일 없는 듯 진지한 표정 연기까지 더해졌다면 더욱.

하지만, 우리가 떠올렸던 사람들 또한 마찬가지이다. 그들은 새벽을 홀로 맞아야 했고, 가면 뒤에 숨겨진 여러 감정들을 만나며 괴로워했을 거다. 초연한 얼굴을 하고서 희미해져 가는 달빛에 우리처럼 기도하지는 않았을까. 감추어야만 했던 스스로의 마음을 위해.

오늘은 어떠할까. 어김없이 서로를 속이는 날이 될까, 아니면 서로에게 솔직한 날이 될 수 있을까. 우리들의 새벽이 다르지 않다는 걸 알았으니 노력했으면 한다. 긴 겨울을 끝낸 하늘이 내리는 한 줄기 봄볕처럼 누군가를 바라보고, 또 바라봄에 피어나는 꽃처럼 서로에게 화사하게 웃을 수 있는 하루가 될 수 있도록.

세상은 아직 아침을 맞을 준비가 되어있지 않

다. 망설이지 말자. 흐느껴 울어도 괜찮다. 적어도
새벽만큼은, 오로지 우리들의 것이니까.

눈물은 이른 새벽에 핀 이슬이다.

아무도 모르게 맺히고
담지 못해 흐르며
흔적 없이 사라진다.

봄볕처럼 바라보아야 한다.

흔적 없이 사라지고
담지 못해 흐른 이슬은
아무도 모르는 이른 새벽
다시 맺힐 테니까.

출근길에 오른 그대에게

최근 백종원의 골목식당으로 유명해진 홍은동에서 나는 살고 있다. 어머니께서 나를 임신한 상태로 1988년에 이사를 왔다고 한다. 두 개의 방에서 할아버지와 삼촌들, 고모로 구성된 대가족으로 지내다가, 새로 지어진 새하얀 아파트로 이사 온다는 건 얼마나 설레는 일이었을까. 그렇게 내가 홍은동에서 지낸 지도 어언 32년이 되었다. 2015년에 한 번 이사를 했지만, 공교롭게도 홍은동의 울타리를 벗어나지 못한 나는 이곳, 고향에서 여러 이웃을 떠나보냈고 또 새로 만났다.

어렸을 때에는 낯선 친구를 만나도 술래잡기를 하거나 축구를 같이 하면 금세 친해질 수 있었다.

53

군이 대화를 나누지 않아도, 함께 흘리는 땀방울은 더 많은 것들을 알려 주었으니까. 하지만 나이가 들어갈수록 새로 만나는 사람들과의 관계는 깊어지기 어려웠다. 신경 써야 될 게 더 많아져서일까. 쉽게 다가서기도 어렵고, 선뜻 마음을 열기에도 부담스러웠다. 요즈음의 나는 같은 층에 누가 사는지조차 정확하게 알지 못한다. 이런 나에게 이웃은 일정한 울타리 속에서 서로의 정을 나누며 살아가는 사람들이 아닌, 낯선 존재들로 인식되기 시작했다.

홍은동에서 사람들이 가장 많이 모이는 곳은 단연 홍제역이다. 상대적으로 상권이 발달되어 있고, 마을버스나 시내버스 노선이 홍제역을 대부분 지나기 때문에 접근성이 뛰어난 편이다. 공덕으로 출퇴근하는 나는 이곳, 홍제역을 매일 이용한다. 버스 중앙차선이 생긴 이래로 버스가 정차하는 위치에 따라 뛰어야 하는, 그래야만 탈 수 있을 정도로 사람들이 몰린다. 함께 뛰어다니는 사람들 중에는 같은 초등학교를 졸업했지만 그 이후로 연락을 하지 않아 어색해진 친구도 있고, 고등학교 때 오해가 생겼는데 풀지 못해 아직도 서먹한 친구도 있

고, 이사 오기 전의 아파트에 살던 이웃집 할머니
도 계시다. 때에 따라 애써 고개를 숙이며 못 본 척
지나가기도 하고, 또 반갑게 인사를 건네기도 하며
나의 출근길은 시작된다.

출근을 위해 나는 홍제역부터 서대문까지 버스
를 타고, 서대문에서 공덕까지 지하철을 이용한다.
홍제역을 지나는 버스의 대부분이 서대문역을 지
나감에도 불구하고 출근길 버스는 언제나 만원이
다. 자리에 앉는 건 고사하고 버스에 발끝을 딛고
서는 것만으로도 감사해야 하는, 이곳 정류장은 또
한 전쟁터이다. 복잡하고 정신없는 출근길. 가뜩이
나 줄어들지 않는 일 더미와 신경질적인 관리자들
로 골치 아픈 탓에, 일상에서 도망치고 싶은 마음
으로 '아프다고 보고하고 하루 쉴까.'라고 생각하
기도 여러 번. 버스에 오르기 위해 앞사람을 제치
며 달리는 나를 느끼며 헛웃음을 짓곤 한다.

사람들과 엎치락뒤치락하며 괴로워하는 출근
길에 위로가 되는 건 아이러니하게도 사람이다. 모
두가 경쟁자로 변하는 버스 승하차 현장에서 나는
사람을 통해 위로받는다. 그것도 낯선 사람. 이름

이나 나이를 포함하여 아는 것이라고는 타는 곳과 내리는 곳이 전부인 그 사람들은, 하나의 사건으로 나와 인연을 맺었다.

첫 번째. 버스카드를 대신 찍어주던 사람

출근길 버스에 오르기 가장 힘든 요일은 역시 월요일이다. 특히 내가 출근하는 시간에는 더욱 그러하다. 오전 7시 40분에서 8시 사이는 지각을 피하려는 사람들의 의지가 강해진다. 이미 만차가 되어 정류장에 도착한 버스 안으로 오를 수 있는 사람은 의지가 더 강한 사람뿐이다. 버스 출입구 앞에 서서 들어설 곳 없는 버스를 향해 온 몸을 던져야만 하는, 당장의 육체적인 고통보다 지각한 이후에 회사에서 벌어진 일들이 두려운 이 상황은 겪어본 사람만이 안다. 버스 안에 자리를 잡고 있던 사람들에게도 미안하고, 이렇게까지 출근해야 하는 나에게도 미안한 그 심정은.

어느 월요일 아침, 출근길이었다. 부리나케 뛰어가서 버스 앞문 쪽에 섰는데 공간이 없어 보였다. 하지만 이 버스를 놓치면 아침 회의에 늦을 게 자명했으므로 나는 곡예를 펼치듯 놀라운 자세를 취하며 버스에 탔다. 어떻게 타긴 탔는데 버스카드 단말기와 거리가 멀어 이러지도 저러지도 못한 채 버스카드를 들고 서 있었다. 전에도 비슷한 상황에 처한 적이 있었다. 사람들에게 떠밀리다가 버스카드를 못 찍고 내린 적도 있고, 버스카드를 겨우 찍긴 했는데 내릴 때 한 번 찍어서 환승을 하지 못한 경우도 있었다. '어떻게 하지.' 속으로 고민하고 있을 때, 불현듯 하나의 손이 나타나 버스카드를 집고 대신 찍어주었다. 자고 일어나서 이때까지 한 마디의 말도 꺼내지 않았던 나는 어눌한 목소리로 "감사합니다."라며 고마움을 표현했다.

누군가에게는 별 일 아니었을지도 모른다. 그냥 "버스카드 좀 찍어주세요."라고 말하며 손쉽게 버스카드를 찍었을 수도 있다. 하지만 그럴 자신이 없던 나는 매번 가슴을 졸였다. 사람들이 어서 내리고 버스 안으로 들어가 카드를 찍을 수 있게 해 달라고 하면서. 때마침 나타난 선한 마음 덕분에 이날의 나는 안도할 수 있었다. 이 일이 있고 나서부터는 내가 버스 단말기와 가까운 곳에 있을 경우, 뒤를 돌아보며 못 찍은 사람들이 있는지 확인하게 되었다. 또한 "버스카드 좀 찍어주세요."라며 먼저 요청할 수 있는 자신감이 생겼다. 무악재로 넘어가는 오르막길을 끝내고 독립문을 향해 힘차게 내려갈 때, 눈가를 간지럽히던 아침 햇살만큼이나 따스한 기억으로 어느새 자리 잡았다.

두 번째. 나를 대신해서 화를 내준 사람

이날도 버스 앞문으로 힘겹게 탄 날이었다. 홍제역에서 다음 정류장으로 이동하는데, 버스 운전사가 앞문 계단 쪽에 서 있던 나에게 "거기 서 있으면 안 되니까 안으로 들어오세요."라고 말했다. 다소 격양되어있던 그 말에 나는 계단에서 올라와 버스 안으로 몸을 최대한 밀착시키려고 했다. 그러나 이미 꽉 차 있던 버스에 더 이상 들어설 공간은 없었다. 계단으로 다시 내려와 이러지도 저러지도 못하는 사이에 운전사는 "아니 거기 서 있으면 안 된다니까. 안으로 들어오세요."라며 더욱 큰 목소리로 말했다. 이 말을 시작으로 이어졌던 이기적이라느니, 배려가 없다느니 하는 말에 기분이 나빠 "아니, 들어갈 공간이 없는데 어떻게 들어가요?"라고 묻자 "다른 승객들도 타야 되는데 본인만 생각하면 어떻게 해요!"라며 대놓고 화를 냈다.

운전사의 말이 맞긴 했지만 들어갈 공간도 없고, 안쪽에서 더 들어가야 내가 계단에서 올라갈 수 있을 텐데 나에게 괜히 짜증을 내는 것 같았다. 나 또한 화가 났지만 어떻게 대처해야 될지 몰라 머뭇거리고 있을 때 한 사람이 나타났다. "아니, 들어갈 곳이 없는데 어떻게 들어가요."라며 시작된 그의 말은 "왜 자꾸 이분한테 화를 내세요."라는 말로 이어졌다. 내 입장을 대신하여 말해 준 사람에게 고마움을 느끼는 한편 싸움이 커질까 두려웠던 나는 웃으며 "저 괜찮아요. 그냥 가요."라고 말했다. 몇 개의 정류장을 거치며 안쪽으로 들어온 나는 그 상황에서 벗어날 수 있었다.

이 일이 있기 전까지 화는 거북한 감정이라고 생각했다. 타인의 감정을 상하게 할까 봐 느낀 그대로 표현할 수도 없고, 참자니 울화가 치밀어 오르기 때문이다. 하지만 나를 대신해서 화를 내준 사람 덕분에, 화는 자신을 포함하여 누군가를 위한 감정이 될 수도 있다는 걸 깨닫게 되었다. 화를 내는 것도 때로는 필요하다는 걸 알게 된 이후부터는 불쾌한 상황에 처했을 때 내 감정을, 그 감정이 화라고 할지라도 표현할 수 있다는 용기를 얻었다.

오늘도 기적처럼 만원 버스에 오른다. 밀려드는 사람들로 인해 손잡이와 갑작스러운 이별을 하기도 하고, 누군가의 발바닥이 내 발등 위를 누르는 아픈 경험을 하기도 한다. 이렇게 혼란스러운 틈에서도 내가 무사히 출근을 할 수 있는 이유는 함께 버스에 오르는 이들의 관심과 배려가 아닐까 생각한다. 그들과 함께 타기에 좁으면서도, 그들이 함께 타기에 감사한 이 시간. 어느덧 이웃처럼 가까워진 사람들 덕분에 홍제역으로 걸어가는 나의 발걸음은 점차 가벼워진다.

● 퇴근길에 오른 그대에게
●
●

하루 중 마음이 가장 편한 시간은 언제일까. 사람들의 생각은 저마다 다를 것이다. 누군가에게는 일을 하는 시간일 수도 있고, 누군가에게는 출근하는 시간일 수도 있다. 나는 퇴근하며 집으로 돌아가는 시간을 가장 편하다고 느낀다. 비록, 내 앞자리에서 꾸벅꾸벅 졸고 계신 분에게는 죄송할 따름이지만. 평일이면 회사와 집, 두 곳만을 오가는 상황이 반복되고 있다. 체력이 약한 탓일까. 퇴근 후에 마시는 맥주 한 잔을 좋아하지만 이마저도 쉽게 선택하지 못하고 있다. 평일 중 단 하루라도 술을 마시게 되면, 그 다음 날부턴 파김치가 되어 남은 한 주를 버텨야 한다. 다른 일정이 생겨도 마찬가지이다. 출근할 때면 늘 녹초가 되어 있다. 생각만으로도 끔찍하다. 쌓여가는 일 더미들을 처리하지 못한 채, 꺼져가는 불씨가 되어 멍하니 모니터만 바라보는 일은 겪어 본 사람만이 이해할 수 있을 거다.

그렇다면, 평일에 온전히 일만 했을 때 체력이 보존될까. 아니었다. 분명 일찍 잠에 들어 개운하다고 느꼈는데, 동료들은 어제 무슨 일 있었냐며 내 안부를 묻고는 했다. 그래서 직장인에게 주말은 중요하다. 쌓인 피로를 몰아서 풀 수 있으니까. 평일에 열심히 일한 만큼 주말은 편히 쉬고 싶은 게 대부분 직장인들의 마음일 거다. 하지만, 밀려드는 업무를 보면 꼭 그렇지도 않은 것 같다. 일은 생계를 유지하기 위한 수단이자, 인생의 우선순위 중에 하나이다. 일의 중요성을 알고 있는 사람이라면 평일, 주말을 구분하기 어려울 것이다. 밀린 업무들을 생각해보자. 금요일 밤과 토요일은 그럭저럭 직장을 잊고 지낸다 해도, 일요일만 되면 온갖 상념에 휩싸인다. 결재 기안이 임박한 서류들과 그로 인해 화가 난 상사의 얼굴이 벌써 떠오르는 듯하다. 엉겁결에 시작한 주말 자택 근무는 일과 가정 사이의 경계를 모호하게 만들었다. 때로는 일을 하기 위해 태어난 사람처럼 느껴지기도 했다.

그래서일까. 나는 퇴근길을 좋아한다. 하루 중 유일하게 회사에서 멀어지는 시간이자, 가정에 가까워지는 시간이다. 그날 있었던 일들을 되돌아보기도 하고, 집에 가서 무얼 할지 고민하며 상상의 나래를 펼치는 이 시간은 나에게 편안함을 선물한다. 다만, 오늘은 퇴근을 하며 걱정되는 게 있었다. 피곤하다는 이유로 정리하지 않았던 집 안 풍경이 생각났기 때문이다. 옷을 고른다며 이것저것 꺼내다가 어지럽혀진 방과 거실, 바구니에 쌓여있는 빨랫감과 산더미가 되어버린 설거짓거리가 눈앞에 생생하게 떠올랐다. 우리는 이를 통틀어 집안일이라고 부르는데, 가족과 함께 사는 공간 안에서 분담하는 행동을 어떻게 일 따위로 치부할 수 있을까. 피곤하지만, 집에 도착하면 즐거운 마음으로 하나씩 해 나가기로 결심했다.

먼저, 널브러진 옷가지들을 정리하려고 한다. 직장과 가정은 구분된 곳이다. 내려앉은 먼지와 함께 직장에서 있었던 안 좋은 기억들을 털어내고, 옷걸이에 걸며 흐트러진 마음을 가다듬으려고 한다. 다음으로 빨래를 돌리기로 했다. 바구니에 쌓여있는 빨랫감을 보면 한숨부터 나오는 게 순리이지만, 시큼한 냄새로부터 전해지는 고된 일과를 생각하면 가슴이 뭉클해진다. 오늘도 열심히 살아간 나와 가족을 떠올리며, 세제라는 한 스푼의 위로와 함께 세탁기에 넣어 작동시키려고 한다. 마지막으로 설거지를 하기로 결정했다. 싱크대를 손 디딜 틈 없게 만드는 다양한 식기들은 우리의 마음을 그대로 옮겨 놓은 것처럼 보일 거다. 탄 찌꺼기가 남아있는 프라이팬에선 악담을 퍼붓던 과장님, 밥풀이 눌어붙은 밥그릇에선 딱딱한 표정으로 지시하는 대리님, 간장 자국이 남은 종지 그릇에선 속 좁은 선임이 떠오를 것 같다. 맡은 자리에서 자기 나름대로 노력을 기울이는 건 알고 있지만, 나를 괴롭게 하는 사소한 행동들만 생각하면 화가 치밀어 오른다. 받았던 상처를 흐르는 물에 깨끗이 닦으려고 한다. 흔적 없이, 그들이 남긴 잔재가 말끔히 사라질 수 있도록.

생각이 길어졌다. 퇴근길이라 기분이 상쾌해서 그런가 보다. 이 글의 시작부터 졸고 계셨던 앞 좌석의 중년 남성분은 여전히 깨어날 기미를 보이지 않는다. 각자가 인생의 주인공인 만큼 그 사람의 입장에서 해석할 필요는 있지만, 그의 모습을 보고 있자니 나는 배부른 소리만 하고 있는 것 같다. 최근의 나를 돌아보았다. 일 때문에 스트레스 받았다는 핑계로 부모님에게 함부로 대하진 않았나, 일이 많다는 이유로 친구들에게 소홀하지 않았나, 어떻게 하면 인정받을 수 있을까 고민하다 나를 위한 소중한 순간들을 무심코 흘려보내진 않았나 하면서.

집으로 가는 길. 달콤한 상상이 더해져서인지 창가에 비친 나의 얼굴은 옅은 미소를 띠고 있다. 세상은 이렇게 살아가는 건가 보다. 출근길 버스에서 앉아갈 수 있음에 감사하고, 점심 메뉴로 나온 좋아하는 반찬에 뛸 듯이 기뻐하며, 오늘도 무사히 퇴근길에 올랐음에 벅차오르는 행복을 느끼면서.

힘겨운 시간을 보낸 그대에게

누군가에게 힘이 되어주고 싶은 날이 있다. 그 누군가를 힘겹게 만든 일이 우리 눈앞에서 펼쳐진 다면 더욱 그러하다. 괜찮은 걸까. 먼발치에서 보고 있자니 안타까운 감정이 든다.

힘겨울 거라 생각을 품은 순간부터 그대에게 힘이 될 수도 있지 않을까. 관심 어린 눈빛은 평소의 눈빛과는 분명 다르니까. 지긋이 바라보며 그대를 힘들게 하는 일은 무엇일까 고민하기 시작한다.

시간이 지나도 풀리지 않는 그대의 표정에서 심각성을 느낀다. 어떤 마음인 걸까. 방금 벌어진 상황 이외에 또 다른 걱정거리가 있는 걸까.

한 걸음씩 그대가 있는 쪽으로 다가간다. 어떠한 의도나 목적 없이 그저 힘이 되어주고 싶은 생각으로.

선뜻 말을 걸지는 못한다. 그대의 마음을 모르기 때문이다. 물을 수도 없다. 그대를 힘들게 했던 기억이 다시 떠오를 수도 있기 때문이다.

이러지도 저러지도 못한 나는 손을 들어 굽어진 그대의 등을 토닥이는 상상을 한다. '괜찮아'를 되뇌며 아프지 않게, 아물 수 있게 토닥인다. 상상은 어느새 두 눈에 스며들어 그대를 향하고 있다.

만일 그대가 구름이라면, 구름일 수 있게 도와주고 싶다. 늘 떠 있는, 그저 그런 구름이 아니라 '그대'라는 특별한 구름이 될 수 있도록.

그런 내가 되고 싶다. 살피고, 다가가, 두드리며 구름이 구름일 수 있도록 하는. 뭉게뭉게 피어오를 수 있도록 하는 존재가.

하늘과 맞닿은 세상
너머에는 구름이 살고 있다.

고개 돌리어 살피지 않으면
파란 하늘일 뿐이고

수줍은 새처럼 다가가지 않으면
파란 하늘에 진
하얀 얼룩일 뿐이며

따스한 손길로 두드리지 않으면
파란 하늘에 떠다니는
하얀 구름일 뿐이다.

살피고, 다가가, 두드리며
뭉게뭉게 피어오르게 하는
내가 되고 싶다.

● 마음은 날씨와 닮아서

맑은 하늘을 보면서 생각했다. 내 마음도 저 하늘처럼 투명할 수 있다면 얼마나 좋을까 하고. 마음은 심술궂게 먹구름을 일으키기도 하고, 분에 못 이겨 천둥을 치기도 한다. 얼마나 제멋대로인지, 가끔은 고장 나버린 게 아닌가 싶기도 하다.

하지만 이는 잘못된 현상이 아니다. 사람의 마음은 날씨와 닮았다. 맞고, 틀리다로 설명할 수 없다. 날씨는 기온, 기압, 습도와 같은 요소들에 의해 나타나는 현상이다. 즉, 기후조건에 따라 진실된 모습으로 나타난다. 심한 변덕으로 사람들의 예측이 틀리는 경우는 있지만, 날씨는 단 한 번도 거짓으로 제 모습을 드러낸 적이 없다.

마음도 마찬가지이다. 우리의 소망처럼 늘 화창할 수는 없다. 때로는 거센 바람이 불기도 하고, 매서운 눈보라가 몰아치기도 한다. 중요한 것은 화가 나거나, 슬프거나, 우울하거나 하는 마음을 부정하지 않는 우리의 자세이다.

감정이나 의지, 생각과 같은 요소로 마음은 구성된다고 한다. 명확하게 설명할 수는 없지만, 한 가지 원인으로만 이루어지지는 않는다. 여러 요소들이 복합적으로 작용하며 우리는 마음을 일으키고, 느끼고, 표현한다. 날씨처럼.

거부한다고 해도, 우리의 마음이다. 외면하고 싶어도, 우리의 마음이다. 인위적으로 조작할 수도 없다. 마음을 일으키는 경로를 바꾸기 위해 노력할 수는 있겠지만, 이미 생겨버린 마음은 받아들이는 수밖에 없다.

자유롭게, 마치 실오라기 하나 걸치지 않은 채 미지의 세상을 탐험하듯 우리의 마음을 바라보자. 그곳에는 좋았지만 슬펐고, 화가 났지만 애틋했던 과거의 모습들이 남아있을 거다. 지금 이 순간의 우리가 찾아주기를 애타게 기다리면서.

여러분은 오늘 어떤 마음이신가요. 어떤 마음으로 하루를 시작하고 계신가요. 느껴지시나요. 마음이 우리에게 전하는, 그 누구도 대신해 줄 수 없는 고결한 목소리 가요.

마음이 건네는 위로

마음은 우리 안에 있는데 마치 타인을 대하듯 여길 때가 있다. 시간에 쫓기며 여러 가지 일을 동시에 처리할 때를 생각해보자. 하나의 일을 해결하면, 또 다른 일이 눈앞에 고스란히 펼쳐지는 상황을. 상상만으로도 신경이 곤두서는 게 느껴진다.

나는 일을 꼼꼼하게 처리하는 편이다. 인정받고 싶은 욕구도 크지만, 실수를 겁내기 때문이다. 중요한 일일수록 '실수하면 어떡하지.'라는 생각이 업무를 처리하면서도 떠오르곤 한다. 다른 일을 하다가도 찜찜한 구석이 생각나면 불안하게 만든 부분을 다시 찾아볼 때도 있다.

일상으로 시선을 옮기면 걱정할 거리가 더욱 많아진다. 외출할 때에 집에 두고 온 물건은 없는지 분명 나오기 전에 확인했지만 다시 가방을 뒤적거리고, 중요한 일정을 놓칠까 봐 노트북에도 메모하고 핸드폰 달력에도 적어두고 알람에 메시지를 넣어 제때 울리게끔 지정하기도 한다.

그래서일까. 하나의 일을 끝낼 때마다 나는 마음에게 물어본다. 그 일을 하며 어떤 감정을 느꼈는지, 유사한 일을 다시 하게 되었을 때 어떻게 하고 싶은지 생각해보면 가까운 사이라도, 그게 가족이나 친구일지라도 우리의 마음보다 중요한 이야기를 해 주지는 않을 거다.

쌓여버린 일들에 이리저리 치이다 보면 마음에게 물어볼 여유를 갖지 못한다. 마음은 들려주지 못한 말들로 안타까워한다. 알고 있는데. 걱정이 많고 불안한 사람에게 필요한 말이 무엇인지, 그가 어떤 행동을 해야 해소되는지 마음은 알고 있는데. 일을 처리하기에 급급하여 정작 마음의 소리는 외면하고 만다.

마음은 점차 소리 내는 방법을 잃어가고, 사람

은 점차 듣는 방법을 잃어간다. 마음이 크게 소리쳐야만 왜 우리는 마음의 존재를 느끼며 뒤돌아볼까. 속삭여도 들을 수 있는, 가까운 곳에서 느낀 그대로를 이야기하는, 마음은 우리의 일부이자 전부인데.

바쁘다는 이유로, 혹은 그럴싸한 핑계를 대며 우리는 마음에 소홀하지 않았을까. 귀 기울여보자. 세상에 떠밀려 여유 없이 보내는 시간 속에서도 마음은 우리에게 말을 건네고 있으니까.

마음이 하는 말이 잘 들리지 않는다고 해도 걱정하지 말자. 우리가 마음의 존재를 인식하고 있으니까. 잘 들어주는 사람에게 더 많은 이야기를 하듯, 마음 또한 우리에게 점점 더 자주 다정한 목소리로 말해줄 테니까.

여러분의 마음은 지금 어떤 말을 하고 있나요. 제 마음은 저에게 "내일의 태양은 내일 다시 뜰 거야. 오늘 충분히 바빴잖아. 더 이상 고민한다고 해서 당장 해결할 수 있는 것도 없잖아. 내일의 나를 믿고 남은 시간은 쉬었으면 해. 오늘을 최선을 다해 보낸, 나는 내가 자랑스러워. 고마워. 나여 줘서."라고 말해주었어요.

우리의 일상은 배려로 가득하다. 치열한 경쟁으로 몸서리치다가도 배려의 순간을 경험할 때면 마음이 따뜻해진다. 커피를 건네받으며 전하는 감사의 인사, 무거운 짐을 들고 계단을 오르는 어르신을 도와주는 뒷모습, 빈 좌석 앞에서 서로 양보하느라 앉지 못하는 버스처럼 어쩌면 당연해 보이는 모습들에 '배려'를 붙이면 특별해진다.

나는 엘리베이터를 좋아한다. 큰 노력을 들이지 않고도 이웃들을 배려할 수 있는 좋은 장소이기 때문이다. 자연스레 엘리베이터 안팎에서의 내 위치는 열림 버튼 앞쪽이다. 엘리베이터를 타기 전에는 안에 있던 사람들이 내리고 곁에 있던 사람들이 탈 때까지 열림 버튼을 누르고 있다.

엘리베이터에 타고 난 다음에는 뒤늦게 달려오는 사람들은 없는지 귀를 기울인다. 후다닥- 하는 소리가 엘리베이터 주변에서 들릴 경우 열림 버튼 누르는 걸 잊지 않는다. 엘리베이터에 타고 있을 때에는 함께 탄 사람들이 모두 내릴 때까지 열림 버튼을 누르고 있는다.

사람들에게 특별히 무언가를 기대하는 건 아니다. 누군가가 열림 버튼 앞에 서 있다면 굳이 나서지 않는다. 다만 엘리베이터에서 타거나 내리는 도중에 문이 닫히며 몸에 부딪칠 때, 엘리베이터를 타기 위해 달려왔지만 코앞에서 문이 닫힐 때를 안팎에서 경험하며 생긴 습관이다.

최근, 엘리베이터 문이 열려있는 걸 보고 10M 정도 떨어진 거리에서 달려간 적이 있다. 달려가면서도 엘리베이터 문이 닫힐 조짐은 보이지 않아 의아함을 느꼈는데, 타고 보니 6살쯤 되어 보이는 어린아이가 열림 버튼을 누르고 있었다. 놀랐었다. 내가 타려는 걸 어떻게 알았으며, 그 아이는 무엇을 위해 열림 버튼을 누르고 있었던 걸까.

"고마워."라고 인사를 건네자 쑥스러운 듯 어머니의 곁으로 다가서는 아이를 보며 뿌듯했다. 한편으로는 나중에 커서 어떤 어른이 되려고 벌써 남들을 배려하고 있는 것인지 궁금했다. 되돌아올 행동을 기대하며 베푸는 건 배려가 될 수 없다. 그 행동을 받는 사람에게는 부담이자 짐이 될 가능성이 크기 때문이다.

배려라는 건 한 사람의 환심을 사기 위한 행동이 아니라 자연스럽게 우러나오는 마음이다. 우리는 이러한 마음들과 도심 곳곳에서 오늘도 만난다. 문을 열고 나가며 뒤를 쳐다보는 사람, 버스에 오르기 전에 주변을 살피며 기다리는 사람, 천천히 식사하는 사람을 위해 남은 국물을 열심히 긁어내는 사람과 나는 함께 살아가고 있다.

새해를 맞이한 그대에게

띵동- 벨 소리가 울렸다. 집주인은 담담하게 현관문을 열고 손님을 맞는다. 성큼성큼 다가오는 손님에게 집주인은 물었다.

"지난 1년간의 생활은 어떠했나요?"

손님은 멋쩍게 웃으며 대답했다.

"예년과 다르지 않았어요."

어떤 의도였을까. 손님의 대답을 들은 집주인은 창가에 스미는 햇살처럼 그저 웃어 보일 뿐이었다.

새해 첫날이 되면 손님이 찾아온다. 일 년에 한

번씩 잊지 않고 찾아오는 특별한 손님. 그런데, 예년과 다르지 않았다는 말 때문일까. 집주인은 계속해서 말없이 웃고 있었다.

지난 1년을 회고하던 내 마음은 그렇게 받아들였다. 작년의 나와 올해의 내가 처음 만나는 날. 1월 1일은 집주인으로서 어제의 나를 손님으로 맞는 날이다.

많았던 새해 계획을 털어놓으며, 왜 지키지 않았냐는 물음에 손님은 "처음 있는 일도 아닌데요." 라며 궁색한 변명을 내놓았다. 그도 집주인인 시절, 이전의 손님을 맞으며 물었을 거다. 지난 1년 동안의 생활이 어떠했는지, 계획했던 목표들은 모두 이루었는지 하면서. 하지만, 고작 1년이 지난다고 해서 32년 동안 쌓아온 게 달라지긴 어렵다. 손님이 된 어제의 나를 보며, 오늘에서야 비로소 깨달았다.

"그렇다면, 올해에는 어떤 계획을 세우실 건가요?"
한 살 어린 손님은 집주인에게 공손히 물었다.

"저는, 세상 그 누구보다 솔직하게 살 거예요."

손님의 손님의 손님. 그러니까 기억조차 나지 않는 오래전 내가 했을 법한, 추상적인 대답에 손님은 어리둥절한 표정을 지으며 되물었다.

"솔직하게 산다는 게 무엇인가요?"

집주인이 된 올해의 나는 안다. 솔직하게 산다는 건 큰 용기가 필요하다는 것을. 타인의 충고나 평가에 휘둘리지 않고 스스로 믿는 대로 산다는 건, 여러 이해관계에 얽혀 살아가는 우리와는 관련 없게 느껴진다. 당연하기도 하다. 혼자만 생각하고 결정하며 살아간다면, 누가 나와 어울리고 싶어 할까. 그러기에 자신과 타인 사이의 합의점을 찾는 과정도 중요하다. 관계없이는 존재의 이유 또한 없으니까.

사람들과의 관계 속에서 개인의 존재는 빛이 난다. 우리는 타인에게 생각이나 가치관을 이야기하기도 하고, 감정이나 느낌을 표현하기도 하며 관계를 맺는다. 이야기하기 위해, 표현하기 위해 내면을 관찰하며 사람은 선명한 빛을 드러낸다. 자신만의, 고유한 색으로.

관계를 통해 모르고 지냈던 스스로의 빛깔에 대해 알게 되고, 자신과는 다른 타인을 보며 스스로의 빛깔을 더욱 공고히 하게 된다. 때로는 타인에 의해 색이 흐려지거나 탁해질지언정 변하지 않는다. 관계가 필요한 이유, 그것은 혼자서는 자신이 어떤 빛깔을 지니고 있는지 알 수 없기 때문이기도 하다.

하고 싶은 말이나 행동에 앞서 타인과의 관계를 해칠까 두려워하는 상황에 자주 직면했었다. 고민이 되었다. 어떤 선택을 해도 나 혹은 다른 사람의 마음이 다치는 상황이 눈에 훤했으니까. 그러나 33살이 된 나를 손님으로 맞이한, 32살의 삶에서 깨달은 게 하나 있다. 도저히 선택하지 못할 것 같을 때, '그럼에도 불구하고.'를 말이나 행동 앞에 붙여보는 것이다.

"그럼에도 불구하고, 저는."

말이나 행동이 사람들과의 관계를 해칠지라도, 그럼에도 불구하고 시도해야 될 때가 있다. 우리의 마음은 타인과의 관계보다 우선되어야 한다. 마음이 허용하는 수준에서 관계를 고려하며 표현하는 건 괜찮다. 하지만 마음이 허용하는 수준을 넘었다면, 우리는 마음으로 달라붙는 불순한 상상들을 말이나 행동으로 과감하게 맞서야 한다.

- 손님이 된 32살의 내가 집주인이 된 33살의 나에게 해주고 싶은 말

나에 대해 잘 알지도 못 하면서 함부로 내뱉던 사람들의 말. 그 말들에 상처 받아 마음 졸이던 날들이 기억난다. 대부분은 이내 지워낼 수 있었다. 불편한 상황을 만드는 것보다 관계를 유지하는 게 중요했기 때문이다. 하지만 불쾌한 마음을 드러내지 않고 넘어가니, 사람들은 점점 나에게 상처 주는 말과 행동을 당연하다는 듯 사용했다. 사람은 서로 다르기에 말 하나, 행동 하나에도 신중해야 하는데, 생각을 거치지 않고 표현하는 것 같았다. 그 모습을 보면서 나는 깨달았다. '그때그때 마음을 드러내지 않으면 사람들은 나에 대해 잘못된 고정관념을 가질 수도 있겠구나.' 하고.

마음이 이끄는 대로 말 하거나 행동한다고 생각하니 두렵다. 벌써 얼굴이 붉어지고 심장이 뛴다.

그럼에도 불구하고 온전한 나로서 살기 위해 말이
나 행동으로 마음을 드러내고 싶다. 얼마나 오래,
그리고 자주 마음을 속여 왔는지 돌이켜보면 속상
한 기억들이 많다. 나에게는 기회가 찾아왔다. 과
거의 나는 손님이 되어 떠나지만, 현재의 내가 집
주인이 되었으니 스스로 선택할 기회가 생겼다. 변
화는 먼 곳에서 우연히 시작되는 게 아니다. 지금
당장, 당신이 마음먹은 순간부터 변화할 수 있다.
잊지 않았으면 좋겠다. 관계에 대한 우려와 걱정에
앞서, 그럼에도 불구하고를 말이나 행동 앞에 붙여
본다면 명쾌한 해답이 놓여있을 테니까.

당신의 결정을 믿어요. 그러니 마음을 조금 내려 놓으셨으면 해요. 괜찮아요. 한 번의 선택으로 우리의 인생이 끝나는 건 아니니까요. 모두가 반대한 것을 선택해도 괜찮아요. 스스로에게 솔직할 수만 있다면요.

2부

보름달을 보며 우리를 생각하다

● 보름달이 뜨면 생각나는 사람

"보름달이 뜨면 제가 생각난다며 연락하는 친구가 있어요."

보름달이 뜰 때마다 생각나는 말이 있다. 몇 년 전 친구가 나에게 들려준 이야기이다. 자신의 친구 중 한 명은 보름달이 뜨는 날마다 안부를 물어온다고 했다. 음력 15일이 되면 보름달은 뜬다. 즉, 1년에 적어도 12번은 내 친구를 기억하고 연락한다는 의미이다.

나에게 이 이야기를 들려준 친구는 그 사람을 생각하며 즐거워했다. 좋은 사람이라고 했다. 근사한 보름달을 보며 자신을 떠올려주는 친구가 있다니. 또 그걸 언어로 표현해주는 친구라니. 고마울 수밖에 없을 것 같았다.

먼저 연락해오는 친구가 소중한 이유는 관계에 있다. 그 사람을 내 친구가 좋아하기 때문에 그의 안부가 더없이 달가운 것은 아닐까. 만약, 싫어하는 사람이 보름달이 떴다며 연락해오면 어떨까. 읽기도 싫고, 답장할 말도 없을뿐더러, 마음만 괜히 뒤숭숭해질 것이다.

배고플 때 먹는 밥이 더욱 맛있고, 피곤할 때 자는 잠이 더욱 개운한 것처럼, 보고 싶을 때 먼저 물어오는 친구의 안부는 더욱 반갑다. 좋아하는 사람이라면 매일 보고 싶을 테고, 매일 보아도 질리지 않을 테니까.

밤이 되고, 하늘에는 밝은 달이 떴다. 우리를 향해 환하게 짓는 저 미소를 빌미로 소중한 사람에게 연락을 걸어보자. 보름달을 보다가 네가 생각났다고 말하며.

누구에게나 빛나던 순간이 있다

"수호씨 잠깐 이쪽으로 와볼래?"

단순한 부름이었지만, 나는 상사의 불호령이 떨어질 것임을 직감했다. 평소와는 다른, 미묘한 억양 차이가 느껴졌기 때문이다. '오늘도 무사히'라는 나의 좌우명이 깨질 것을 각오하고, '왜 불렀을까?'에 대해 고민하며 달려갔다. 그렇게 마주한 상사와 나 사이의 거리는 불과 50cm 남짓. 그 사이에서 흐르는 미묘한 기류로 인해 나도 모르게 침을 꼴깍 삼켰고, 이어지는 말들에 의하면 나의 직감은 적중했다.

상사가 일방적으로 쏟아내는 말들에는 내 입장

이 들어갈 작은 틈조차 없었다. 아니, 만약 틈이 보여서 설명하더라도 변명이 되고 상사의 화를 더욱 돋우게 될 걸 알고 있었다. 고개를 숙인 채 연신 죄송하다는 말만 내뱉은 나는 자리로 돌아와 앉았고, 까만 화면보호기에 비친 나의 얼굴에서 흔들리는 눈동자를 보았다.

눈물이 나올 것 같아 사무실 밖으로 나왔다. 여름에 걸맞은 햇빛이 반겼지만, 화답할 기운이 없던 나는 애꿎은 땅만 노려보았다. 얼마나 시간이 흘렀을까. 보고 없이 자리를 오래 비울 수 없던 나는, 쫓기듯 사무실로 뛰어 들어갔다.

퇴근길이었다. 지하철역으로 가던 도중 와자지껄하는 소리가 들려 반사적으로 고개를 돌렸다. 시선이 닿은 곳에는 정장을 입은 한 무리의 사람들이 맑은 표정으로 지나가고 있었다. 젊은 인상으로 보았을 때 함께 입사한 신입사원들인 것 같았다.

잘 지내고 있을까. 반짝반짝 빛나던 나의 동기들은

생각났다. 나에게도 있다. 비록 지금은 없지만,

3년 전까지만 해도 유능하다고 인정받아 오래도록 함께 일하자며 다짐했던 소중한 동기들이. 나를 포함하여 7명이었던 동기들은 저마다의 개성을 지니고 있다. 한 가지 공통점이 있다면 직장 내에서의 모습과 동기들끼리 있을 때의 모습이 서로 달랐다는 점이다.

유일한 남자 동기였던 A는 사회성이 밝아 직장 사람들과 두루 친했다. 책임감도 강한 편이라 후배들이 늘어나기 시작하면서부터는 선배로서의 역할을 많이 고민했지만, 동기들 사이에선 익살스러운 표정으로 줄곧 장난치는 개구쟁이 친구였다.

A와 동갑이었던 여자 동기 B는 똑 부러지는 성격의 소유자였다. 적은 시간으로도 업무를 깔끔하게 처리하는 편이어서 상사들에게 인기가 많았으며, 동기들 사이에서는 술을 좋아하는 밝은 친구였다.

한 살 어린 동기 C는 차분하면서도 마음이 따스하고 깊었다. 아무리 자신과 맞지 않더라도 이해하기 위해 노력하는 편이었고, 묵묵히 자신의 자리에서 맡은 일을 해내는 스타일이었다. 세심한 부분까지 챙기는 그녀의 모습을 보며 후배들이 잘 따르곤 했었는데, 동기들 사이에선 밥 잘 먹고 씩씩한 친구였다.

C와는 다르게 동기 D는 아니다 싶은 것이 있으면 정확하게 이야기했다. 체구가 왜소한 편이라 동료들은 그녀의 첫인상을 보고 연약할 것이라 생각했지만, 강단 있는 모습을 보여 줄 때마다 선입견에서 벗어날 수 있었다. 이러한 그녀는 동기들 사이에선 개인, 가족, 직장 등 전 영역에서 걱정이 많고 수다 떠는 것을 좋아하는 친구였다.

동기 E는 자연을 옮겨 놓은 것 같은 느낌이 주곤 했다. 그 느낌을 표현해보자면 '허허허. 1은 1이고, 2는 2인데 무엇이 그리 고민인가?'라고나 할까. E 특유의 편안하고 부드러운 성향 덕분인지 많은 직원들과 속 깊은 이야기를 나누며 허물없이 지냈으며, 동기들 사이에선 밝고 명랑한 소녀 같은 친구였다.

막내였던 동기 F는 강한 첫인상과는 다르게 여린 편에 속했다. 동료들에게 친절하고 일 또한 열심히 하는 데 반해, 힘든 상황이 생겨도 내색하지 않아서 '늘 잘 지내는 사람'의 표본처럼 보았겠지만 마음속에는 상처가 많았고, 동기들 사이에선 귀여움을 독차지하는 친구였다.

　그때는 몰랐다. 동기들과 어울리며 평생 살아갈 줄로만 알았다. 힘든 업무를 맡거나 상사와 갈등이 생겨도 동기들과의 수다 한 번이면 말끔히 나았을 만큼 직장생활에서 동기들은 급여 이상의 존재였다. 우리는 자의에 의해 입사지원서를 넣었고, 타의에 의해 한 자리에 모였다. 처음 친해지게 된 계기는 단순히 직장에 잘 적응하기 위해서였을 수도 있다. 그러나 함께 보내는 시간이 쌓여갈수록 우리는 서로에게 있어 경쟁심을 느끼지 않았고, 함께 인정받을 수 있는 방법을 모색했다. 좋은 정보는 공유하고, 성과가 있었던 과정은 함께 나누었다. 언제부터였을까. 나는 이들을 동기가 아닌 친구로 받아들였고, 또 그렇게 불렀다.

　동기 B가 입사 1년 만에 퇴사를 했고, 곧이어 E가 새로운 길을 찾아 떠났다. 5명이 된 우리는 여느 때처럼 자주 만났지만, 7명이었던 순간들을 이어나가기에는 부족했다. 자연스레 만나는 횟수는 점차 줄어들었고, 우리는 깨달았다. 그들의 빈자리는 그 무엇으로도 채울 수 없다는 것을. 신입사원 때처럼 다시 만날 수 없다는 것을 알면서도 그리움은 커져갔다. 우리는 동기를 한 명씩 떠나보낼 때마다 큰 상실감을 겪었으며, 현재는 A와 F만이 전 직장에 남아있다.

작년 9월이었다. 동기 B가 결혼하던 날, 우리는 D를 제외하고 모처럼 한 자리에서 만났다. 신이 난 우리는 그간 쌓아두었던 이야기들을 앞 다투어 꺼내 놓았다. 한 명이 열변을 토하면 적당한 리액션과 함께 경청하던 나와 친구들은 '그렇다더라.'로 시작된 전 직장에 대한 근황을 주고받다가 잠시 정적을 맞았다. 무표정한 얼굴을 하고서 말을 잇지 못하는 그들을 보며 나와 같은 생각을 하고 있다고 생각했다. 이제는 돌아갈 수 없는, 그 시절을 그리워하는 것이겠지. 잊혀가겠지. 해변에 쌓여있는 수많은 모래알처럼 일일이 나열하기 어려운 인생의 작은 일부가 되어.

직장생활이 힘이 드는 날이면 나만의 해변으로 들어가 친구들과 함께 쌓은 모래성을 보듬어본다.

밀고 당기기를 하는 것처럼, 떠오를 듯하다. 이내 가라앉는 추억들로 인해 마음이 쓰리다. 그러다가 문득 반짝이는 모래알을 하나 발견했다. 출근길이었다. 당시 신입이었던 우리는 상사들의 관심 대상이었으므로 사무실에 앉아 있는 시간이 불편했다. 그래서 출근길마다 서로 연락을 주고받으며 시간이 맞는 친구들끼리 모여 회사 앞까지 걸어가곤 했는데, 이마저도 상사에게 들킬까 봐 겁이 난 우리는 단골 편의점 안에 숨어서 서로를 기다렸다. 하루는 음료를 고르는 척하면서 기다리고 있는데, 어깨에 탁-하고 걸쳐지는 손이 있었다. 그 손의 주인을 확인하기 위해 고개를 돌렸을 때, 활짝 웃는 나의 친구들이 있었다.

● '믿는다'라는 말 한마디

"지금 다니는 직장을 그만둔다 해도 선배만큼은 잘 해낼 거라 믿어."

취업이 잘 될 거라는 막연한 기대감을 심어주는 말. 왜 그만두는 지를 물으며 이직의 어려움을 설명하는 말. 이직할 곳을 정하지 못했다면 일단 이 악물고 버티라는 말을 지나, 전 직장 후배의 말을 듣기까지 내 귀는 여러 사람들의 입을 거쳤다. 특별해 보일 것 없는, 고작 한 마디의 말이 다른 어떤 표현보다 가슴 깊숙이 파고드는 이유는 그저 '믿는다'라고 말해주었기 때문이다.

후배와 처음 만난 건 2년 전이다. 후배는 사람

들과 어울리는 것을 좋아했으며, 40명이나 되는 동료 중에 안 친한 사람이 드물 정도로 발이 넓었다. 그런 후배가 출근한 지 한 두 달쯤 되었을까. 내색하지 않으려 노력하는 것 같지만, 눈에 띄게 지친 얼굴을 한 후배를 보며 두 가지 생각이 교차했었다.

먼저, 영업과 관련된 일을 하던 우리에게는 체력 관리만큼 중요한 업무가 없었다. 하지만 퍼다 나르듯 체력을 사용하니 관리한다고 해도 남아나는 게 없었다. 평일에 약속을 잡는 건 사치라는 말이 유행처럼 번졌을 정도였으니까. 또한, 영업이라는 업무는 사회복지를 전공한 우리에게 생소한 분야였다. 수많은 사람들에게 기부를 요청하는 일은 그동안 입사했던 선배들의 기대와는 달랐고, 입사한 지 1년 만에 많은 선배들을 떠나보냈다. 체력적인 부담이 크면서도 이직할 때 경력을 살리기 어렵다는 단점은 함께 근무하던 모든 동료들이 떠안고 살아가던 짐이었다.

유독 후배가 아파 보일 만큼 지친 얼굴을 한 날에 나는 말했다.

"나중에 이직하고 싶어질지 모르니 자기 계발을 소홀히 하지 마세요."

후배는 고개를 가로저으며 말했다.

"2년 정도 일을 하면서 현재 진행하는 프로젝트를 완성해보고 싶어요."

후배의 말에 적잖은 안도감이 들었다. 일이 힘들다고 느껴질지라도 후배에겐 견뎌내고 싶은 이유가 있었기 때문이다. 부럽다는 생각이 들기도 했다. 직장에서는 그 누구도, 어떠한 업무도 계속 다녀야만 하는 이유를 나에게 알려주지 않았으니까. 그래서일까. 맡은 프로젝트를 끝내겠다는, 의지가 가득 찬 후배의 모습이 믿음직스러웠다. 이날 이후로는 선배로서 일방적으로 챙겨주는 것이 아닌, 지칠 때마다 서로를 의지하며 봄, 여름을 같은 팀으로 보냈다.

다시 봄이 되었다. 나는 진급하여 한 팀의 선임이 되었다. 새해를 맞아 팀을 개편하는데 함께 일하고 싶은 직원의 이름을 적어서 제출하라는 사내 공지를 들었다. 확인해보니 선입 급 이상에만 해당되는 내용이었다. 팀원이 될 사람의 생각은 묻지 않고 일방적으로 팀을 꾸린다는 게 마음에 들지 않았다. 팀 단위로 현장 근무를 하는 만큼 서로의 호흡이 무엇보다 중요하며, 함께 일하게 될 사람이 나와 같은 팀을 하는 걸 꺼려할 수도 있으니까. 그래서 나는 그 누구의 이름도 적어내지 않았다.

의외의 결과가 나왔다. 팀 명단을 발표하던 자리에서 같은 팀을 했었던 그 후배의 이름이 내 이름 아래 적혀있었기 때문이다. 며칠 뒤, 후배와 외근을 나가며 자세한 내막을 들을 수 있었다. 다른 선임들은 함께 일하고 싶은 직원들을 적어서 제출했기에 그 명단을 토대로 팀을 짰고, 명단을 제출하지 않았던 나와 선택을 받지 못한 후배가 한 팀이 되었다는 것이었다.

관리자에게 직접 들은 말을 전하며, 실망한 기색을 애써 감추려 하는 후배가 안쓰러웠다. 받은 상처를 당장 떨쳐내긴 어렵겠지만, 실력으로서 사람들에게 당당히 보여주자고 우리는 다짐했다. 점차 손발이 맞아가며 8개의 팀 중에 2~3위의 실적을 만들어가던 때였다. 후배가 자리로 찾아오더니 긴히 할 말이 있다고 했다. 심각한 표정의 후배는 회사 뒷골목에 다다라서야 말을 꺼냈다.

"계속 직장에 다녀야 될지 고민이에요. 혹시, 저에게 2주만 시간을 주시겠어요?"

내가 몸담았던 직장에는 사업에 집중해야 되는 시기가 정해져 있었다. 하나의 사업을 6개월 동안 마치면 1~2달은 다음 사업을 위해 준비하고, 다시 새로운 사업에 뛰어든다. 후배는 팀이 전력을 다해야 될 시기에 시간을 달라는 말을 꺼냈고, 3인 1팀으로 이루어진 우리에게 한 사람의 몫은 팀의 존폐를 결정할 만큼 중요했다. 나는 오래 고민하지 않았다. 후배의 고민은 이미 시작되었고, 아끼던 만큼 기다려주고 싶었다. 그렇게, 2주보다 긴 6개월이라는 기간이 지났다. 후배는 점차 적응하는 모습으로서 대답을 대신했다.

의외의 반전은 나로부터 비롯되었다. 함께 맡은 첫 사업을 끝낸 뒤에 내가 먼저 퇴사했기 때문이다. 후배가 입사했을 때 같은 팀이 되어 성장하는 순간을 지켜보고, 퇴사를 고민하던 순간을 함께 겪으며 지냈는데. 쓸쓸한 표정을 하며 앞으로의 날들을 응원해주는 후배가 고마웠다.

퇴사를 고민하는 나에게 후배는 무조건적인 믿음을 주었다. 맞다. 지쳐버린 까닭에 인식하지 못했지만 그때의 나는 나답지 못했다. 생기를 잃은 눈빛, 어눌한 말투, 어정쩡한 자세는 본래 내 것이 아니다. 후배에게 믿음을 주고, 또 받았던 그 시절의 기억들을 떠올려보았다. 생각났다. 확신에 찬 눈빛, 힘 있는 말투, 당당한 자세로 살아가던 나의 모습이.

　　당신의 결정을 믿어요. 그러니 마음을 조금 내려놓으셨으면 해요. 괜찮아요. 한 번의 선택으로 우리의 인생이 끝나는 건 아니니까요. 모두가 반대한 것을 선택해도 괜찮아요. 스스로에게 솔직할 수만 있다면요. 선택한 이후에 확신이 생기지 않아 망설이거나 번복해도 괜찮아요. 우리 곁엔 여전히 내가 사랑하고, 나를 사랑해주는 사람들이 함께이니까요. 자, 두 눈을 감고 떠올려보세요. 무엇이 보이시나요? 여러분께서 진심으로 원하고 기다렸던 대답일 거라 믿습니다.

만약, 고민하는
친구가 있다면

나에겐 남들에게 알려지지 않은 한 가지 숨은 능력이 있다. 슈퍼맨처럼 절체절명의 위기에 빠진 사람들은 구한다거나, 배트맨처럼 보이지 않는 곳에서 악당들을 소탕하는 등의 뛰어난 능력은 아니다. 어쩌면 당연한, 우리가 일상 속에서 반복하는 행동이기 때문에 능력이라기엔 부족할 수도 있다. 바로, 경청하는 방법이다.

대화가 시작되는 도입 부분을 생각해보자. 내가 어떤 주제, 예를 들어 "이번에 개봉한 그 영화 봤어?"라고 말했다면 상대방은 그 영화에 대한 자신의 생각을 대답하게 된다. 간혹 주제를 자유자재로 옮겨 다니는 사람도 있지만, 대화는 나와 다른 누군가가 존재해야 가능하기 때문에 말하는 사람이 있다면 당연히 듣는 사람도 있어야 한다. 대화의 근간은 '듣기'에 있다. 경청할 줄 아는 사람은 대화의 흐름을 읽고 있기 때문에 상대방이 말을 계속할 수 있도록 이끌어주며, 어눌한 사람에게도 달변가가 된 듯한 기분을 느끼게 한다.

우리 주변에 고민 없는 사람이 있을까. 태평해 보이는 사람에게도 말 못 할 고민 몇 개쯤은 있을 테고, 고민이 해결된 자리에는 새로운 고민들로 채워지곤 한다. 우리가 고민을 이야기한다는 건 어쩌면 '안부 인사'만큼 흔한 일일지도 모른다. 친한 친구에게 자신의 고민을 털어놓는 건 어렵지 않다. 반면에 친구의 고민을 듣고 함께 해결 방법을 찾는 과정은 어렵고, 또 무겁게 느껴진다. 간절해 보이는 친구의 두 눈에서 대답에 대한 기대를 느낀다면 숨어버리고 싶은 충동이 들 때도 있다.

고민을 가진 친구가 만나자고 한 상황을 생각해보자. 먼저, 친구가 어떤 종류의 고민을 하고 있는지 궁금하다. 직장에 대한 고민일까, 대인관계에 대한 고민일까, 아니면 예상하지 못한 또 다른 고민일까. 묻지 않으면 알 수 없지만 만나자마자 대 뜸 "어떤 고민이야?"라고 말하는 건 실례일 수 있 다. 처음에는 가벼운 근황을 주로 주고받는 편이 다. 친구는 만나자는 연락을 하기에 앞서 오랜 시 간 고민했을 것이며 나 이외에 다른 누군가에게 이 미 털어놓았을 수도 있다. 따라서 고민보다는 친구 에게 집중해야 한다. 또한, 기다려줘야 한다. 고민 을 듣기 위해 만난 자리라고 해도, 먼저 꺼내지 않 는 이야기를 물으면 친구가 부담을 가질 수도 있기 때문이다.

친구가 본격적으로 고민을 털어놓기 시작했다 면 자신을 잠시 내려놓아야 한다. 내 관점을 고수 하면 친구를 온전히 이해하고 받아들이기 어렵다. 나의 생각과 친구의 생각은 엄연히 다르다. 비슷할 수는 있지만, 같을 수는 없다. 서로의 차이를 인정 하는 것에서부터 깊은 대화가 시작된다. 당장 해줘 야 할 것만 같은 조언에 집착할 경우, 위한다고 했 던 말들이 오히려 상처가 될 수도 있다. 친구가 처 한 상황을 친구만큼 알지 못하며, 우리가 안다고 생각하는 친구의 모습은 사실 빙산의 일각일 확률 이 높다.

자신을 내려놓았다면, 친구의 호흡을 느끼며 따라 해보자. 호흡은 느끼는 감정에 따라 다양해진다. 화가 날 때는 황소의 콧김처럼 거칠어지고, 기쁠 때는 봄바람처럼 부드러워진다. 친구가 들이마시고 내쉬는 숨을 따라가며, 꺼내는 말들을 구체적으로 상상해보자. 그리고 그려보자.

고민이 상사와의 갈등이었다고 하자. 친구는 갈등이 생긴 상황을 열심히 설명할 것이다. 나는 그 말을 들으며 머릿속으로 그림을 그리기 시작한다. 그리다가 어떻게 묘사해야 될지 헷갈리는 부분이 생기면 물어보며 채워가기도 하고, 잘못 그려지고 있다고 생각될 경우에는 친구의 말을 잠시 끊으며 대화 내용을 정리하기도 한다.

경청이란, 아이들의 순수한 미소처럼 깨끗한 마음으로 누군가를 그려내는 일이다.

그래서일까. 나에게 있어 친구의 고민은 그림처럼 생생하게 기억된다. 하지만 내가 그린 그림은 늘 미완성이다. 친구의 고민은 나에게 말함으로써 해결된 게 아니다. 할 수 있는 데까지 최선을 다해 그림을 그리고, 친구가 직접 마무리할 수 있도록 넘겨주어야 한다. 경청이라는 그림은 듣는 사람이 결코 완성을 수 없는 작품이니까.

정성껏 그린 그림을 넘겨주었다면, 그것으로 우리의 역할은 충분하다. 친구가 설명하는 상황을 듣고 정리하여 스스로 결정할 수 있도록 지켜보는 것이 고민을 털어놓은 친구를 위한 진심 어린 경청이니까.

● 몸이 아픈 그대에게
●
●

저녁 6시. 이른 시간임에도 부모님께서는 잠에 드셨다.

아버지가 동창회에 다녀왔다. 주말이 되면 가끔 고등학교 친구들과 등산을 가신다고 삶은 계란이며 막걸리 같은 음식들을 바리바리 싸 들고 가시는데. 오늘은 어떤 음식을 챙겨가고 얼마나 드신 건지 콧노래를 부르며 집으로 들어오셨다. 환한 얼굴로 인사를 하시고서 몇 마디 대화를 어머니와 나눈 후 방으로 들어가 잠을 주무신다.

평일 아침 7시가 되면 일어나시는 어머니. 맞벌이로 일하는 딸의 쌍둥이 자녀들을 어린이집에 데

려다 주기 위해 집을 나선다. 손자들이 어린이집에 가 있는 동안 누나 집과 우리 집, 두 집의 살림을 도맡는 어머니. 주말이면 시간이 날 때마다 밀린 잠을 주무신다. 오늘처럼.

세심히 관찰해야 보이는 게 있다. 귀를 기울여야 들리는 게 있다. 아무렇지 않게 받았던 것들이 사랑이라는 걸 비로소 깨닫는 데에는, 애석하게도 계기라는 기회가 필요하다.

어젯밤부터 시작된 두통으로 방에 누워 있었다. 아침이 밝아도 나아질 기미가 없었다. 걱정이 되어 증상을 인터넷에 검색해 봐도 병원에 가 보라는 조언뿐이었다. 화장실에 다녀올 기운조차 없었으므로, 나는 앓으며 시간이 훌쩍 지나가기를 바랐다. 늘 그래 왔던 것처럼, 시간이 어떤 약보다 효험이 있기를 기대하면서.

그러나 낮이 되도록 증세는 호전되지 않았다. 두통약이라도 먹어볼까 생각했지만, 여전히 침대에서 일어날 기운이 없었다. 아버지는 동창회에 가시고 집에는 잠든 어머니와 나밖에 없었으므로, 나는 베개로 머리를 꾹 누르며 다시 잠을 청했다. 깨어났을 때는 부디 아프지 않았으면 좋겠다고 기도하면서.

"수호야 일어나서 밥 먹어라."

오후 2시가 다 되어가던 시간. 귓가를 두드리는 소리에 잠에서 깨어났다. 눈을 떠보니 어머니께서 밥을 지어 놓으셨다. 머리가 여전히 아프긴 했지만, 배가 고파 나간 거실에는 좋아하는 만둣국이 있었다. 그 옆에는 딸기도 있었다. 밥을 먹을 때 인스턴트 사골국물로 끓인 이 만둣국을 손자들이 얼마나 잘 먹는지 아느냐고, 이 딸기는 어제 아버지가 사 온 건데 2팩에 5,000원 밖에 안 줬다는 말을 들으니 나도 모르게 웃음이 나왔다.

"수호야 뭐 먹고 싶은 거 있니?"

어젯밤, 비틀거리며 방에 들어가는 나의 모습은 보신 걸까. 오후 3시 즈음 아버지에게 전화가 왔다. 평소 같으면 먼저 연락하실 분은 아니며, 먹고 싶은 게 없다는 대답에 곧장 전화를 끊으셨지만. 집으로 돌아온 아버지는 나의 상태를 묻지 않았다. 설마 통화할 때 내 목소리를 듣고 알아내신 걸까.

신기하게도 이 즈음부터 두통이 가시기 시작했다.

부모님께서는 묻지 않았다. 괜찮아진 건지, 아니면 아직 아픈 건지. 오늘 아침까지만 해도 나에게 관심을 갖지 않으시는 게 아닐까 생각했다. 그렇지 않다면 초능력 같은 신비한 능력이 부모님께 있어 내 안부를 직접 확인하신 게 아닐까 생각하기도 했다.

그러나 이제는 안다. 묻지만 않으셨을 뿐 두 분께서는 나에게 모든 관심을 쏟고 계셨다는 것을. 어머니와 점심식사를 할 때, 아버지와 전화 통화를 할 때뿐만 아니라 내가 방에서 누워있던, 아픔을 느끼던 모든 순간 쉼 없이 나를 걱정하고 계셨다는 것을. 부모님의 관심을 느끼기에는 고통이 컸기에, 고통밖에 몰랐기에 관심을 받지 못한다고 여겼던 것이었다.

아픔이라는 자신과의 고독한 싸움에서 이길 수 있게 따스한 손을 내미는 사람들이 있다.

설거지를 마치고 시계를 보니 오후 6시 30분이 되었다 여전히 잠들어 계시는 부모님께 감사한 마음이 들었다. 큰 병을 앓거나 다치지 않고 건강하게 성장할 수 있었던 데에는 두 분의 관심이 컸다고 확신할 수 있다. 하지만 아무리 노력해 보아도 나아지지 않는, 표현에 서툰 나는 감사하다는 말이 입에 잘 붙지 않는다. 두 분이 잠든 방을 보며, 눈빛으로나마 서툰 마음을 표현했다.

건강할 때에는 느껴지지 않는 게 있다. 아플 때에야 비로소 깨닫는 게 있다. 실패했다며 좌절하는 사람들 곁에 변함없이 남아있는 사람들이 진짜 친구인 것처럼, 아무리 아프고 어려워도 우리의 곁을 지켜주는 소중한 사람들이 있다. 나는 그들을 부모님이라고 부른다.

● 봄이 오고
● 또 봄은 가지만
●

　분명 봄이 왔다고, 벚꽃이 흐드러지게 피었다고 좋아하던 나였지만. 두터운 외투를 싸매고서야 외출할 수 있는 날씨에 억울하다는 생각이 들었다. 손꼽아 기다리던, 제 자리에 서서 공기를 맡기만 해도 기쁨이 샘솟는, 봄은 나에게 그런 계절이니까.

　셔츠나 맨투맨 차림으로 다니는 사람들을 보며 "추울 텐데, 티를 내지 않고 참는 거야."라며 친구에게 말하기도 하였지만. 4월 중순이 되도록 나처럼 겨울 코트를 입는 사람이 드물다는 것을 깨닫고는 생각에 잠겼다. 문득 '내가 이상한 건가?' 하는 의구심이 들었기 때문이다.

세상에 봄이 오고 사람들은 너나 할 것 없이 봄볕을 즐기지만, 나는 봄이 오는 것을 거부하고 끝나지 않는 겨울 속을 헤매는 것이 아닐까. 노랫말에서 흔히 나오는 '그대를 잊지 못한 나는 여전히 그 계절에 머물고 있다.'처럼. 혹시, 아직 해결되지 않은 중대한 고민을 끌어안고 시간의 흘러감을 인식하지 못한 채 점점 여위어 가는 걸까.

최근 나는 '나의 우울감 받아들이기.'라는 중요한 과제를 떠안게 되었다. 외면하거나 극복하려고만 했던 우울감은 받아들일수록 지난 상처들과 마주하게 한다. '나 하나쯤이야.'라고 생각하며 넘겼던 일들, 불쾌한 상황에서도 관계가 소홀해질까 두려워 참았던 일들, 마음이 하는 말을 듣지 않고 타인에게 귀 기울였던 일들은 잔해가 되어 몸속 곳곳을 떠돌고 있었다.

상황은 흐려지고 상처만이 남아 무엇을 어떻게 치유해야 되는지 분명하지 않지만, 이마저도 받아들이기로 했다. '나'이니까. 모호한 아픔 속에서도 부정하지 않고 천천히 기다려주는 따뜻한 사람이니까. 나에게도, 사람들에게도.

어제, 서울 한낮 온도는 18도였다. 오늘 낮 기온은 20도를 상회한다고 한다. 어느 공원에 가던, 꽃이 피어 있는 곳이라면 시끌벅적한 말소리 함께 익어가는 사람들의 웃음소리를 들을 수 있다. 가족들과 돗자리를 깔고, 연인과 손을 잡고, 친구들과 어깨를 나란히 하고 봄만큼, 아니 봄보다 따스한 마음으로 꽃을 물들인다.

그들을 보며 봄이 왔다는 것을 새삼 느낀다. 어쩌면, 봄은 혼자서 느끼기 어려운 계절인지도 모르겠다. 선선한 바람도 꽃의 향기도 함께 맞고 맡아야 오래 기억할 수 있기 때문이다. 혹시, 내 앞의 즐거워 보이는 사람들은 작년에 기꺼운 봄을 보낸 이들일까. 그렇다면, 나는 봄을 추억할만한 어떠한 단서도 찾지 못했기에 방황하는 것일까.

그제 밤, 친구들을 만나 저녁을 먹었다. 나는 이차에서 합류했고, 술을 마시며 사는 이야기를 나누었다. 대부분 가벼운 주제였다. 실수했던 일이나, 한 명이 심각한 주제를 꺼내도 금세 다른 방향으로 틀어지는, 술자리에서 흔히 주고받을 법한 그런 대화였다. 이틀밖에 지나지 않았는데 무슨 대화를 나

넜는지 잘 기억나지 않는, 대화였다고나 할까.

하지만, 선명하게 떠오르는 것들이 있다. 바로 친구들의 표정이다. 놀림 받을 때의 억울한 표정, 놀릴 때의 해맑은 표정, 고민을 이야기할 때의 진실된 표정, 조언을 해줄 때의 걱정하는 표정은 놀라울 만큼, 조금 전에 보고 나온 영화의 장면을 되새기듯 생생하다.

유익하다고 하기에는 당장 내 삶에 달라진 것은 없지만, 친구들의 표정은 많은 걸 이야기해 주었다. 봄의 싹이 자라듯, 흙으로 덮여 있던 나를 꺼내주었다. 그들의 반응에 따라 나는 자연스럽게 웃고, 화내고, 찌푸리며 무표정하게 일관하던 표정에서 감정을 되찾았다. 숨김없는, 진실된 감정을.

오늘, 나는 맨투맨 차림으로 외출을 감행했다. 여전히 추운 날씨에 머지않아 콧물이 흐르는 상상을 하였지만, 걸을수록 봄의 기운이 내 곁을 맴도는 걸 느꼈다. 친구들에 의해 가까스로 봄을 맞이했지만, 점차 여름이 다가오고 있다. 봄이 오고, 또 봄은 가지만 새로운 봄을 기대하며 기다리려고 한다. 우울감을 안아주었던 스스로를 기억하며, 꽃만큼 알록달록했던 친구들과의 시간을 추억하며.

다시, 봄이 돌아왔을 때는 그 누구보다 봄의 소식을 빠르게 알리는 내가 되었으면 좋겠다. 그러기 위해 나는 나답게 남은 봄을 보내야겠다고 다짐했다.

타인의 시선을 의식하며 확고한 마음에도 불구하고 표현하는 걸 회피한 적이 있었다. 나에게는 자연스러운 일이었다. 밥을 먹으러 가거나 먹은 이후의 일정, 헤어지는 시기를 정하는 것까지 단 한 명이라도 곁에 있으면 나는 좀처럼 입을 떼지 못했다. 말하기에 앞서 상대방의 반응을 신경 썼기 때문이다. '혹시, 이런 걸 싫어하면 어쩌지?'라거나 '먼저 정해둔 게 있는데, 나 때문에 말 못 하는 거면 어쩌지?'와 같은 상상은 나를 우유부단하게 만들었다.

바꾸기 위해 노력했다. 배려하려는 내 의도와는 다르게 받아들이는 상대에게 부담될 수도 있기 때문이다. 그러나 바꿀 수 없었다. 말한 이후의 상황을 가정하지 않고, 당장 떠오르는 대로 표현하려 해봐도 옴짝달싹 않는 입이 원망스러웠다. 이러한 내 모습을 좋아해 주는 사람들도 물론 있었다. 어떤 이야기를 해도 다 받아주는 상대가 싫은 사람이 있을까. 때때로 동의할 수 없는 이야기를 들었을 때 보였던 어색한 반응으로 '가식적이다.'는 표현을 듣기도 했지만, 틀린 말은 아니었으므로 수긍했다.

며칠 전 직장 선배와 외근 나갈 일이 생겼다. 같은 팀에 속한 선배는 매주 목요일이면 꼬박 하루가 걸리는 외근 업무를 담당하고 있다. 오전에는 외근을 나가기 위한 준비 작업이 필요하기 때문에 나와 동료 한 명이 함께 돕고, 둘 중 한 명이 외근업무를 지원하고 있었다. 그날 선배는 나에게 먼저 물었다.

"특별한 일 없으면 외근 같이 나갈래?"
나는 대답했다.
"저는 나가도 괜찮고 안 나가도 괜찮아요."
선배는 재차 물었다.

"가고 싶으면 가고 싶다, 가기 싫으면 가기 싫다 제대로 얘기해줘."

나는 다시 대답했다.

"저는 정말 둘 다 괜찮아요. 편하신 대로 한 가지 선택해주세요."

선배는 감정이 실린 목소리로 나에게 말했다.

"아니, 괜찮다고만 말하지 말고. 둘 중에 조금이라도 더 끌리는 게 있을 거 아니야. 내가 하고 싶은 대로가 아니라 너의 생각을 묻는 거잖아."

감정이 실린 목소리는 본연의 의미를 퇴색시키곤 한다. 떨리는 음성에 담긴 의미를 순수하게 받아들이는 데에는 생각에 잠길 여유가 필요했다. 준비 작업을 마치고 나는 선배에게 말했다.

"그냥 제가 끌리는 대로 대답하면 되는데, 너무 복잡하게 생각한 것 같아요. 저를 위해 조언해주셔서 고마워요."

있었다. 잊고 있었지만, 선호하는 것들이 나에게도 있었다. 단지, 드러내지 못했던 이유는 상대방의 선호와 맞지 않아 관계를 해칠까 두려웠기 때문이다. 나는 그동안 거짓말을 하고 있었다. 내 마음은 그게 아니었는데. 괜찮다며, 좋다며 연신 고개를 끄덕이던 나의 과거를 반성하고 싶었다.

억지로 의견을 만들 생각은 없지만, 앞으로는 좋아하는 것들을 구체적으로 표현하고자 한다. 이로 인해 누군가와 갈등이 생긴다면, 회복할 수 없는 사이까지 이른다면 우리의 관계는 거기까지였던 것이니까. 오늘 밤은, 혼자 산책을 나가 묻어 두었던 이야기들을 늘여 놓아볼까 한다. 수없이 흘려보낸, 나답게 살아가기 위한 순간들을 곱씹으려면 꽤 멀리 돌아가야 할 것 같다. 과연, 나는 무엇을 좋아하던 아이였을까. 하나씩, 천천히 찾아 나가려고 한다. 마음이 이끄는 곳으로 걸어 나가며.

● 오늘이 마지막인 것처럼
● 산다는 것
●

어떠한 말로도 위로가 되지 않는 날이 있다. 이러한 날을 보내기 위한 특별한 방법이 있다면 좋겠지만, 그저 내일이 오기만을 기다려야 하는 내 마음은 갈대만큼이나 쓸쓸하다. 갈대에게는 내일이 없는 것처럼 보인다. 초가을 불어오는 바람에 제 몸을 가누지 못하고 휘청거리는 갈대에게 계절의 변화는 죽음을 의미한다. 따스한 햇살을 머금으며, 고요하게 대지를 적시는 그들의 미소를 단 한 번이라도 본 적이 있다면 죽을 것이라 생각하기 어렵다. 뭐랄까. 오늘만 사는 존재 같다고나 할까.

"왜 벌써부터 내일을 생각해. 오늘이 마지막인 것처럼 마시는 거야!"

얼마 전, 직장동료들과 술자리를 가졌다. 당시 나는 해야 할 업무들이 반복적으로 떠올라 퇴근 후에도 편히 쉬질 못했다. 지친 몸을 이끌고 집에 돌아와서는 내일 출근해서 먼저 처리해야 될 일들을 정리하고, 침대에 누워 다가오는 내일을 생각하며 두려워했다. 술자리에서도 마찬가지였다. 동료들의 말을 듣는 둥, 마는 둥 하며 잔이 채워지면 마시고, 잔이 비면 따라주었다. 몸은 술자리에 있으나 마음은 사무실에 아직 남아있을 때, 옆자리에 앉아있던 동료 한 명이 말을 걸어왔다.

"평소에도 그렇게 말이 없는 편이에요?"

그녀의 말에 나는 반쯤 풀린 눈으로 마주 보며 말했다.

"아니요. 계속 내일 급하게 처리해야 할 일들이 생각나서 스트레스를 받아 그런 것 같아요."

그러자 그녀는 말했다.

"급한 것도 알겠고, 스트레스를 받는 것도 알겠는데 그렇다고 해서 당장 끝마칠 수 있는 일들이 아니잖아요. 지금 우리가 있는 여기는 어디인가요. 직장이 아니잖아요. 일에 대한 고민은 직장에서만 해도 충분해요. 저는 오늘 할 수 있는 일이 있고, 내일이 되어야만 할 수 있는 일이 있다고 생각해요. 오늘 할 수 있는 일을 이미 직장에서 성실히 마치고 왔는데, 왜 벌써 내일의 일을 고민해요. 남아있는 오늘, 이 시간을 즐겨야지."

뜨끔했다. 생각해보니 나는 동료들과 함께인 술자리가 내일 업무를 하는데 지장을 줄까 겁이 났다. 늘 그래 왔다. 나는 스스로에게 한계를 부여했다. 그 한계 속에서 '미리 준비하지 않으면 실패할 거야.'라며 단정 짓고 있었다. 물론, 술자리로 내일 더 피곤할 수도 있다. 하지만 동료들과의 기분 좋은 시간을 보냄으로써 업무에 더 집중할 수도 있다.

기우에 불과했다. 우려했던 일들은 일어나지 않았다. 다음날 나는 출근했고, 업무를 무사히 끝냈으며, 동료들과 만나면 어제 술자리에서 했던 이야기들을 상기하며 떠들어댔다. 맞다. 그날 밤 나는 내일을 향해 걸어가고 있었지만, 그들은 오늘에 머물고자 했다. 오늘이 아직 끝나지 않았음에도 내일을 생각하는 건, 오늘에 대한 예의가 아니었다.

가을의 하루를 보내는 어느 갈대의 마음으로 나

또한 살아가야지. 다시 돌아오지 않을 오늘의 이야기를 진한 햇살로 물들이며.

● 익숙한 소리에 귀 기울이며

"수호야, 아침 먹을 거니?"

기다리고 기다리던 주말이었다. 반복된 야근으로 쫓기듯 잠을 청했던 평일 때문에 늦잠을 잘 거라 굳게 결심한 터였다. 그런데, 웬걸. 익숙한 소리가 단잠에 든 나를 깨웠다.

"오늘은 순두부찌개 끓여 놨다."

서른이 된 '나'이지만, 여전히 부모님 집에서 함께 살고 있다. 직장까지의 거리가 가까워서 따로 살 집을 구할 필요도 없지만, 아직 '독립'을 생각해 본 적은 없다. 태어나고 자라며 부모님과 보낸 시간만큼 앞으로도 그럴 거라는, 대책 없는 생각 때문이다.

"좀 싱거운데요?"

간이 센 음식을 좋아하지 않는 아버지가 만든 요리는 대체로 싱겁다. 오늘도 어김없이 식탁에는 묽은 순두부찌개가 올려져 있었다. 한 수저를 뜨고 물끄러미 바라보다가 "그래도 맛있어요."라고 말 했더니, "늦었어."라고 대답하는 아버지의 모습은 한결같다.

"아니, 조금만 더 자다가."

아침 일찍 일어나 집안일을 하는 아버지와 달 리, 어머니께서는 늦잠 자는 걸 사랑하신다. 주말 이 되면 두 분이 티격태격하는 이유이기도 하다. 외출을 좋아하는 아버지는 하다못해 뒷산이라도 다녀와야 직성이 풀리고, 어머니 또한 외출을 좋아 하지만 이른 아침 외출은 버거워하신다. 이른 아침 이라고 해 봐야 오전 10시 즈음이지만.

오늘도 어김없이 아침 식사를 마친 아버지가 서 둘러 나가자고 어머니를 보챈다. "조금만 더 자고."

라는 말을 마지막으로 다시 방으로 들어가는 어머
니의 모습은 한결같다.

부모님께서 외출하고, 혼자 남은 집에는 적막
이 돈다. 고요한 이 순간을 나는 좋아한다. 즐겨듣
는 노래를 틀고, 스탠드를 켜고, 자리에 앉았다. 밀
려드는 평온함에 두 눈을 감았다. 흘러나오는 음에
따라 고개를 자연스레 흔들었다. 꽉 차게, 세상을
살아가는 기분이 들었다.

평일의 나는 소음이라 여겨지는 많은 소리에 노
출되었다. 결재 문서를 지적하는 상사, 책임 소재
를 따지는 동료, 일방적으로 결정하려는 협력업체
직원의 소리까지. 그래서 나는 소음에서 벗어날 수
있는 주말을 손꼽아 기다렸다. 자신의 입장만 고려
하는 그 누구와도 말을 섞고 싶지 않았으니까.

부모님의 외출로 고대하던 시간이 찾아왔다. 하
지만 이어지던 적막에 도리어 허기진 기운이 밀려
들었다. 자연스레, 아침에 있었던 일들을 다시 떠
올렸다. 인상을 한껏 찌푸리며 순두부찌개를 먹던
그 장면을 생각하니 웃음이 나왔다. 평일에 고생했
다며 드시지도 않는 순두부찌개를 자신의 입맛에

맞게 끓이신, 어김없이 싱겁다 말하는 익숙한 상황이 재미있게 느껴졌다. 늦잠을 잔 어머니가 아침식사를 하시고 다시 방으로 들어가시던 모습을 생각하니 또한 웃음이 나왔다. 주말마다 반복되는 상황이라 그런지 더욱 정감이 간다. 날이 선 사무실의 소리를 자주 들어서일까. 아무렇지 않게 여겼던 집 안 소리들이 더욱 소중하게 느껴졌다.

언젠가 혼자 살게 되었을 때, 그리울 것 같다. 주말 아침 세탁기가 돌아가는, 찌개가 보글보글 끓는, 코를 고는, 부엌에서 물을 트는, 아침 먹을 거냐고 묻는, 다정한 소리들이. 오후가 되어 부모님께서 돌아오시면 내가 지을 수 있는 가장 환한 얼굴로 반겨야겠다. 재밌게 잘 다녀오셨냐고 물으며.

- 어른이 되기 위해
- 어른이 될 때까지

손님이라는 생각이 들었다. 집 안에서의 나는 주체적이지 못했으니까. 가구를 고른다거나, 반찬을 선택한다거나, 가사를 분담하는 거에서 나는 늘 빠져 있었다. 사 주시는 가구, 만들어주시는 음식, 해 주시는 가사에 익숙해져 있었던 나는 언제부터인가 잘못되어 가고 있다는 걸 알았다.

"그래도 끝까지 한다고 해야지."

설거지를 자주 하지 않는다고 말했을 때 친구는 대답했다. 그래도 끝까지 한다며 고집을 부려야 한다고, 그래야만 암묵적으로 행해지는 기존의 질서를 무너뜨릴 수 있다고. 부모님의 입장에서는 나에게 주는 것이 편하고 익숙하실 거다. 사회는 나를 성인으로 받아들이지만, 부모님께서는 소시지 반찬이 없다며 생떼를 부리던 나로 생각하는 게 익숙하실 테니까.

직장에서 인정받고 주변 관계도 잘 맺어가고 있었다. 집 안에서는 흘러나온 코를 풀어줘야 하는 어린아이처럼 여겨졌지만. 어른스럽다고 생각되는 여러 행동들을 해 보아도 내가 왜 못 미더우실까. 흔한 설거지조차 시키려 하지 않는 부모님에게 속상한 마음이 자주 들었다.

불과 몇 시간 전이었다. 저녁으로 만둣국을 먹고 잠시 방에 들어갔다가 거실로 나왔을 때, 싱크대에 쌓여있는 설거지 더미를 보았다. 평소 같았으면 아무렇지 않게 지나쳤겠지만, 문득 친구가 해 주었던 말이 떠올랐다. 소파에 앉아 TV를 보고 계신 어머니에게 물어보았다.

"엄마, 이거 제가 설거지할게요."
어머니는 대답했다.
"놔둬, 이따가 내가 하게."
예상했던 말을 들었다. 그러나 이번에는 그냥

지나치지 않았다.

"엄마, 언제부턴가는 제가 스스로 해야 돼요. 지금 연습할 수 있는 기회를 주세요."

조금 강한 어조로 말한 나를 한 번 쳐다보시더니 어머니께서는 대답했다.

"그래, 네가 해봐."

집 밖에서는 도맡아 하는 설거지이지만, 집 안에서의 설거지는 오랜만이었다. 부모님이 안 계시거나 주무시고 계실 때나 가끔 해왔으니까. 소파에 버젓이 어머니께서 앉아 계시는데, 설거지를 맡아서 한다니. 나를 믿어주시는 것만 같고, 가족 내에서 새로운 역할을 맡게 된 것 같아 기분이 좋았다.

집에서는 매번 정해진 대로, 정해주시는 대로 생활해 왔다. 집 안에서의 내 존재감은 없었다고 해도 무방하다. 역할도 없었지만, 집 안 어느 곳도 내 의견으로 꾸며진 곳은 없었으니까. 하지만 쌓여있는 설거짓거리들을 하나씩 닦으며, 가족 구성원 중의 한 명이라는 느낌을 받았다. 반짝거리던 그릇에서 나의 미소가 비치는 것 같았다.

앞으로는 부모님의 마음속에 남아있는 내 모습

이 어른으로 바뀔 때까지 노력하고자 한다. 집 안에서 해야 될 일들을 자주 묻기도 하고, 안 계실 때면 스스로 해 보며 가족 안에서의 나를 찾아가고 싶다. 집에 필요한 가구들을 함께 찾아보며 사 드리고, 드시고 싶어 하는 음식을 만들어 드리고, 가사를 하나씩 해 나가면서.

나이 들어가는 부모님을 보며 슬퍼했던 적이 있었다. 젊었을 적 부모님의 사진을 보고 눈물을 흘린 적도 있었다. 그러나 손님이 아닌, 가족의 일원으로써 뿌듯함을 느끼는 오늘이 되어서야 함께 늙어가고 있음을 깨닫는다.

내 몸이 무거운 만큼, 부모님의 몸은 더욱 무거우실 거다. 내가 피곤한 만큼, 부모님께서는 더욱 피곤하실 거다. 내가 하기 싫어하는 만큼, 부모님께서는 더욱 하기 싫으실 거다. 그럼에도 불구하고 집안 곳곳에서 구슬땀을 흘리시는 이유, 누가 시키지 않았음에도 집 밖에서 뿐만 아니라 집 안에서도 최선을 다 하는 이유, 그 이유를 가족에 대한 사랑이 아니고서야 무엇으로 설명할 수 있을까.

부모님의 사랑을 느끼는 이 순간, 고되었을 시

간들에 보답하기 위해 더 큰 목소리로 의견을 이야기하고, 빠릿빠릿하게 행동하고자 한다. 부모님에게 있어 어른이 되기 위해, 어른이 될 때까지.

"핸드폰은 사용하고 있으면 충전이 느려져."

핸드폰을 충전하며 인터넷을 검색하던 나에게 친구는 말했다. 사실, 큰 영향을 줄까 싶었다. 물론 가만히 놔두었을 때보다 충전 속도는 당연히 느려지겠지만. 한 귀로 듣고 흘리려다가 사뭇 엄해진 친구 표정에 핸드폰 홈 버튼을 눌렀다.

고객센터를 방문할까 고민하고 있었다. 배터리가 이전보다 빨리 닳았기 때문이다. 그 원인을 추위 때문이라고 생각했었다. 쌀쌀해진 날씨 탓에 핸드폰이 스스로를 지키기 위해 열을 발산한다고 보았으니까. 그런데 내 핸드폰을 이리저리 살피던 친구는 왜 이렇게 어플이 많이 켜져 있냐며 핀잔을 주었다.

최근, 내가 어떻게 지내고 있는지가 켜진 어플 목록에 적혀 있는 것 같았다. 비로소 알게 되었다. 어플들을 끄지 않은 채 방치하여 배터리가 빨리 소모되었다는 사실을. 모두 종료시키자 배터리 칸이 빠르게 채워지는 것을 두 눈으로 확인할 수 있었다. 핸드폰만이 아니다. 사람에게도 충전이 필요하다. 저마다 생각하는 충전의 차이는 있겠지만, 충전은 사람으로 하여금 계속 살아가게 하는 원동력이 된다.

나는 걷는 걸 좋아한다. 걸으며, 노래를 듣고 스치는 풍경을 감상하는 게 즐겁다. 내가 누구인지를 잊고 그 순간에 온전히 빠져든다는 건, 여태껏 내가 느꼈던 행복 중에 단연 으뜸이다. 은은한 조명이 비추는 밤길, 인적이 뜸한 그곳을 혼자 걸으면 마음은 이내 충만해진다.

"무슨 생각을 그렇게 오래 해?"

친구의 말에 현실로 돌아왔다. 나는 왜 핸드폰

을 만지다 말고 걷는 상상을 했을까. 동병상련의 아픔을 느꼈기 때문이다. 요즈음의 나는 결재가 반려되기 일쑤였고, 이어지는 상사의 질책에 우물쭈물 대답했다. 직장에서 안정을 찾지 못하자, 일상생활에도 영향을 미쳤다. 단정하게 살겠다며 새해 세운 목표는 헝클어진 머리와 구겨진 옷들에 잊혔고, 자격증 공부를 위해 사둔 책은 단 한 번도 빛을 보지 못했다.

'잘 해야지.' 하며 끊임없이 되뇌었다. 버스 안에서도, 사무실에서도, 화장실에서도, 방 안에서도. 실수를 줄이기 위해 꼼꼼히 확인해야지, 조리 있게 대답하기 위해 생각을 정리한 후 말해야지, 단정하기 위해 일찍 일어나야지, 자격증을 따기 위해 늦게까지 공부해야지 하면서.

특히, 오늘은 일이 도통 손에 잡히지 않았다. 넋 놓고 모니터를 보고 있으니 쌓여가는 업무들이 눈에 아른거렸다. 정신을 차리고 처리하기 위해 노력했다. 하지만 동기부여가 되지 않았다. 자책했다. 촉촉해진 눈과 갈라지는 목소리, 떨리는 손끝은 나의 감정이 바닥까지 가라앉았음을 말해주었다.

"억지로 이겨내려 하지 마. 지금이 그냥 힘든 시기인 거야."

며칠간 반복되었던 일들에 대해, 친구는 말해주었다. 지금이 그냥 힘든 시기인 거라고. 받아들이면 마음이 편해질 거라고. 다시 주말이 찾아오고 나를 위한 시간들을 보내면 기꺼이 충전될 거라고.

마음이 괴로운 날에는, 괴롭게 하는 일들을 과감히 닫아보자. 홈 버튼을 눌러 종료했던 핸드폰의 어플처럼. 충전해 보자. 좋아하는 활동을 하며, 소중한 우리를 되찾자.

"뭐야, 오랜만에 만났는데 벌써 가게?"

서운한 표정을 짓는 친구를 뒤로하고 집으로 갔다. 충전이 간절해졌기 때문이다. 내향적인 나는, 혼자 있을 때에만 충전할 수 있다. 콘센트가 한밤중의 산책이라면 더할 나위 없이 완벽하다.

집으로 가는 길, 들썩거리는 발걸음을 주체할 수 없었다. 이보다 더 행복할 수 있을까. 새로운 내일을 맞이할 자신감에 지고 있는, 설레는 오늘의 끝을 걷는다.

현관에서 당신을 반기는 건
무엇인가요

　여름휴가를 받아 3일간 여행을 다녀왔다. 낯선 여행지에서의 둘째 날 아침 같은 삶을 살고 싶다는 나의 바람대로였다. 자연경관이 좋은 이곳저곳을 다니며 감상했고, 맛있다는 현지 음식도 먹었으며, 숙소에서 커튼을 치고 정오까지 늦잠을 자기도 했다. 나를 얽매고 있는 사람, 환경에서 벗어나 오늘을 살아가는 진실된 '나'를 만난 소중한 시간이었다. 그렇게, 여행을 마치고 집에 돌아온 시간은 오후 6시 즈음이었다. 양손 가득 들린 짐들 때문에 급하게 현관문을 열고 들어섰다. 막연하게 텔레비전을 보고 계신 어머니, 샤워를 하고 계신 아버지를 생각했는데 나를 반기는 건 적막이 도는, 불 꺼진 현관이었다. 그 광경에 여행지에서 느꼈던 환희의 감정은 온데간데없이 사라지고, 현실감이 나를 짓눌렀다. 아무것도 손에 잡히지 않았다. 집으로 들어온 뒤로부터는. 책을 펼쳐도 몇 장 넘기지 못한 채 덮고, 텔레비전을 켜도 채널을 계속 돌리기만 했다. 이른 잠을 자려고 침대에 누워도 잠은 오지 않았던 무더운 여름날. 방 안에서 시간과 씨름하여 무의미하게 있었다.

그때, 아버지가 현관문을 열고 들어오셨다. 시계에 적혀있는 시간은 오후 7시. 조카들을 돌보는 어머니께서는 오후 8시가 다 되어서야 집으로 돌아오시기 때문에, 나는 나가보지 않고도 아버지라는 걸 알았다. 아무 말 없이 집으로 들어온, 깔끔한 성격의 아버지는 곧장 씻으러 가셨다. 잡다한 물건들을 집 안에 쌓아두고 버리지 못하는 어머니와 다르게 '정리는 버리면서부터 시작된다.'라는 생각을 가지고 계시다. 그래서 우리 집은 겉보기에는 깨끗한데 서랍만 열면 온갖 종류의 물건들이 쏟아진다. 나도 어머니의 성격을 닮아서 아버지가 계시지 않았다면 아마 우리 집은 만물상이 되어있지 않았을까 생각해 본 적도 있다.

"수호야 밥 안 먹니?"라고 아버지가 물어보셨
다. "안 먹어요."라고 대답한 나는 아버지가 어떤
표정으로 무슨 음식을 만드시는지 확인할 수 없었
다. 열려있던 방문 틈으로는 보이지 않았기 때문이
다. 그렇지만 나는 알 수 있었다. 좋아하는 김치 제
육볶음을 만들고, 텔레비전을 켜고 예능프로그램
에 채널을 맞추어 놓으셨다는 것을. 나이가 들수록
대화는 점점 줄어들고 있지만, 관심을 가지고 지켜
보고 있었으니까. 특히 기분이 좋지 않아 보이시는
날에는.

기억한다. 퇴근하고 집으로 돌아오던 아버지 손
에 들린 과자와 장난감. 해맑게 웃으며 나를 반기
는 표정과 짐을 한편에 내려두고 나를 번쩍 들어
올리던 모습까지도. 동네 친구들과 뛰어노느라 땀
범벅이 된 나를 씻겨주시며 "까마귀가 형님이라 부
르겠네."라고 농담하시던 시절과 대조적으로 이제
는 특별한 일이 없으면 눈 한 번 맞추기가 어렵다.

괴로운 일이 있거나 몸이 아픈 날에 먼저 떠올
리는 건 사람이다. 휴식이 먼저 떠오른 사람도 있

겠지만, 나는 내 이야기를 들어줄 사람, 나를 돌봐줄 사람을 떠올린다. 힘겨운 상황은 언제나 예고 없이 찾아온다. 알람처럼 '나 내일 괴로울 거예요.' 또는 '오늘 오후부터 발열이 시작됩니다.'라고 알려주면 얼마나 좋을까. 전전긍긍하며 친구 목록을 살펴봐도 선뜻 연락할 친구는 없고, 아픈 나를 간병해달라고 부탁할 사람은 더더욱 없다. 하지만, 어떠한 이해관계도 없이 도와줄 단 하나의 집단은 있다. 바로 가족이다. 미리 약속을 잡지 않아도 집으로 돌아가면 만날 수 있고, 간병이 당연한 관계. 아버지의 발자국을 따라 걸으며, 내 발자취를 조심스레 새기고 있는 나는 아버지가 낯설지 않게 느껴진다.

때로는 위로의 말이라도 전하고 싶은데. 어느새 소파에 기대어 졸고 계신, 고단해 보이는 아버지를 위한 말은 좀처럼 떠오르지 않는다. 자식이 잘 되는 게 부모님을 위한 가장 큰 효도라고 하던데. 불확실한 오늘을 살아가는 우울한 나에게 효도는 옆집에 사는 철수의 이야기처럼 다가온다. 한 번씩 마주 보고 앉을 때마다 결혼은 언제 할 거냐고 물으시는 아버지. 한 차례 이직을 하고 한 분야에서의 경력이 5년이 되었지만, 미래에 대한 불안감으로 또 한 번의 이직을 고민하는 나에게 결혼은 또 한 먼 나라 이야기처럼 다가온다.

오늘에 이르러 아버지께서는 과거의 아버지가 바라던 모습으로 살고 계신 걸까. 한 집에 살면서 함께 밥을 먹은 기억이 가물거리던 나는 죄송한 마음이 들었다. 혼자 밥을 차려 먹는 게 익숙해진 우리 가족. 이 기회를 빌려 나는 스스로와 한 가지 약속을 했다. 가족 중 누군가가 현관에 서면 먼저 인사하기로. 아버지나 어머니께서 들어오시면 "다녀오셨어요.", 내가 집으로 들어오면 "다녀왔습니다."라고. 반대로 외출하는 상황이라면 "다녀오세요." 또는 "다녀오겠습니다."라고. 비록 어렸을 때의 해맑음은 사라졌지만, 그 시절에 보았던 두 분의 모습을 어른이 된 내가 닮아가기 위해 노력하기로 결심했다.

방문을 열고 나가 "들어가서 주무세요."라는 말을 건넨 뒤 식탁을 정리했다. 매일 드시는 술의 양도 늘어 오늘은 막걸리 두 병을 드셨다. 무엇이 그리 힘드셨을까. 묻지 못했던 나는 침대에 돌아누운

아버지의 뒷모습을 보며, 내일 아침에는 꼭 '다녀오세요.'라고 인사드려야지 하며 속삭였다.

　현관에서 여러분을 반기는 건 무엇인가요. 고요한 적막인가요, 반려동물인가요, 무표정인가요, 아니면 미소를 머금은 반가운 인사인가요. 직장 상사나 동료에게, 옆집 이웃에게, 학교 친구에게, 고객에게는 늘 했지만 가족에게는 소홀히 했던 말을 꺼내 보아요. 회사에서, 이웃집에서, 학교에서 만남과 헤어짐의 순간에 꺼냈던 그 말들을요. 각 자의 하루를 시작하고 마치게 될 우리의 집, 현관에서요.

● 서투른 손길에
● 생채기가 날지라도
●

　작년 가을, 베트남에 다녀왔다. 당시 나는 사회
복지사였고, 기관에서는 매년 우수 직원을 선발하
여 협회에서 지원하는 해외여행에 보내주었다. 그
곳에서 우연히 낯익은 사람을 만났다. 전 직장이었
던 법인에서 근무할 때, 산하기관에서 일하던 동료
A였다. 그의 직업은 생활체육 교사이다. 근무하는
곳이 달랐고, 어울릴 기회도 없었으며, 업무 분야
가 달랐으므로 얼굴과 이름을 서로 기억하는 것만
으로도 인연은 인연이었다.

　3박 4일 동안 베트남 곳곳을 다니며 A와 자주
이야기를 나누었다. 그중에서도 가장 떠들썩했던
주제는 단연 직장이었다. 당시의 나는 퇴사를 심

각하게 고민하고 있었다. 대학원을 알아보며 그만 둘 기회만 엿보는 중이었으니까. A는 자신의 업무에 대해 자부심이 강한 사람이었다. 어떻게 하면 자신의 능력이 발전할 수 있을지 고민하고, 발전된 능력을 업무에 적용하기 위해 노력하는 것 같았다. 대화를 통해 드러났던 특유의 열정과 에너지는 사람들과의 관계에서도 나타났다. 여행 중 세부적인 의견을 조율해야 되는 상황이 생기면 먼저 나서서 사태를 수습했다. 사람들에게 다가가 편하게 말을 걸기도 하고, 다른 관광지로 이동할 때는 검색을 하거나 누군가와 연락을 주고받으며 시간을 보내기도 했다. A가 보여주었던 행동들은 내가 되고 싶은 모습에 가까웠다. 상대방을 지나치게 의식하지 않으면서 생각이나 감정에 따라 자연스럽게 하는 행동들이 새삼 부러웠다.

그 시기에 직장에서는 관계로 어려움을 겪고 있었다. 관계에는 거리와 경계가 필요하다. 적당한 거리와 경계는 건강한 관계를 유지하도록 돕는다. 그때 나는 동료, 고객, 상사와의 거리는 가까워지고 경계는 희미해져 있었다. 사람들과 관계를 쌓아가며 얻게 되는 친밀감이 독처럼 느껴졌다. 내가 기대하는 바는 커지고 상대방에 대한 실망은 배로 늘었다. 업무시간이나 업무량을 고려하지 않고 그들은 나에게 부탁했고, 거절은 상대방에게 상처를 주었다. 점차 말속에 숨은 의도를 파악하기 위해 노력했다. 느낀 그대로를 이야기하면 되었는데, 상대방의 기분을 상하지 않게 하고, 돌아오는 반응으로부터 나를 지킬 수 있는 적정선의 말을 골랐다. 고르고 고른 말들은 대부분 대화를 겉돌게 만들었다. 사람들은 내 말에서 생각을 유추할 수는 있었겠지만, 무미건조한 목소리와 목석처럼 굳은 표정에서는 어떠한 감정도 느끼지 못했을 거다.

만약, 이때 마음속에 있던 감정을 동료, 고객, 상사에게 꺼내 보았으면 어땠을까. 그들과의 관계가 어긋날 것을 두려워하지 않고 비로소 알게 된, 불쾌하다는 감정을 느꼈던 즉시 표현했다면 어땠을까. 어쩌면 서로의 감정을 확인하며 더욱 친밀한 관계를 유지하고 있었을지도 모른다. 혹은, 더욱 멀어졌거나. 적어도 지금처럼 애매한 관계로 끝나지는 않았을 거다.

달콤했던 일상에서의 도피가 끝나고, 다시 직

장으로 돌아왔다. 나는 머지않아 퇴사했고 대학원에 입학했다. 또한 관계로 덜 고민할 수 있는, 현실에는 존재하지 않을 법한 직장을 찾아보고 있다. 내 또래의 사람들이 업무에 전념하며 성취하고 있을 때, 시간의 공백을 인식하며 나와 마주하는 건 괴로운 일이다. 어떻게든 의미 있는 시간을 보내기 위해 도서관에 앉아 전공 서적들과 씨름하고 있을 때, A에게 연락이 왔다. 기관 동료들과 축구를 하는 데 참여할 수 있냐는 내용이었다. 여행 이후 처음 연락한 것은 아니었다. 한두 차례 연락을 받고, A의 동료들과 축구를 한 적이 있었다. 답장을 하기에 앞서 혹시나 하는 마음에 일정을 확인해보니, 축구 시간과 겹치는 계획이 있다는 걸 확인했다. 다행히 일부만 겹칠 뿐이어서 늦게라도 참석하겠다고 했다. 무리해서 안 와도 된다는 선생님의 말에 나는 "축구도 축구이지만, A씨가 보고 싶어서 가는 거예요."라고 대답했다.

요 근래의 나는 감정의 소중함을 깨달았다. 매 순간 느끼는 감정은 나의 권리와도 같다. 자세나 말투, 표정으로써 표현되기도 하지만 정확하게 전달되지는 않는다. 찡그린 표정이나 경직된 자세에도 사람의 습관이 섞여 있을 수 있기 때문이다. 감정을 느끼고 머물러 보는 것에 그치지 않고 표현함으로써 진실된 나와 가까이하게 된다. 관계가 단단해지거나 틀어지는 건 한 사람의 임의로 결정할 수 있는 게 아니다. 솔직한 '나'와 '너'가 만나야 한다. 서로의 마음으로 여행을 하듯 맞닥뜨리는 상황들에 대해 어떻게 느끼고 있는지 나눔으로써 결정할 수 있다. 우리의 '사이'라는 여행을 더 이어갈 것인지, 아니면 여기에서 멈출 것인지. 되돌아온 A의 답장에는 "무리하지는 마세요. 저도 보고 싶어서 연락한 거예요."라고 적혀 있었다. 이로써 나는 확인하게 되었다. A에게도 3박 4일의, 함께 우정을 쌓았던 나와의 시간이 의미 있었음을. 우리 '사이'의 여행을 끝내지 않고 지속하고자 하는 마음을 느낄 수 있었다.

누군가에게는 미미한 변화가 다른 누군가에게는 삶을 뒤흔드는 변화가 될 수 있다. 타인에게 감정을 제때 표현한다는 건, 나에게는 32년 동안 파온 어둡고 깊은 동굴에 한 줄기 햇살이 비추는 것과 같았다. 나를 들여다보기 두려워 동굴 앞을 서성이던 지난 세월이 떠오른다. 선연히 내리는 빛을 따라 동굴 속에 남겨진 나의 마음들을 천천히, 진귀한 보물을 바라보듯 소중하게 따라가 보고 싶다. 서투른 손길에 생채기가 날 지라도 나는 지금 여기에 있다. 오늘을 살아간다. 쓰라린 아픔에 얼굴을 찡그릴지라도 계속 도전하고 싶다. 다칠 수 있으니까 조심해야 된다는 생각보다는, 다칠 수도 있지만 기꺼이 감정을 드러내 보고 싶은 마음이 더 크다. 연고를 바르고 밴드도 붙여가며 상처가 나는 위험을 감수해 보고 싶다. 솔직한 감정으로 인해 상대방이 보일 반응보다 중요한 건, 이 순간 내가 느끼고 있는 감정이니까.

잠시 에어컨을 꺼도
괜찮을까요

나는 더위를 잘 타지 않는 편이다. 자연스레 온도가 높게 치솟아도 야외활동을 곧잘 해낸다. 폭염이 나날이 이어졌던 작년 여름, 직장 행사에서 3만 보가 넘는 왕성한 활동량을 보이기도 했다. 더위에 강한 모습은 겨울 앞에서는 속수무책으로 변한다. 본격적인 추위가 시작되기에는 이른, 가을부터 시름시름 앓는다. 당차던 걸음은 건전지가 떨어져 가는 장난감처럼 삐걱거리기 일쑤이다.

이런 나에게 에어컨은 종종 괴로움을 준다. 더위가 극심한 날에는 보약과 다름없다. 일상을 쾌적하게 만드는 보배이니까. 그러나 보약도 과하면 독이 된다. 일정 시간 이상 에어컨 바람을 쐬다 보면,

혹한기에 경계 근무를 서던 옛 시절이 떠오른다. 근무가 끝날 때까지 그저 견딜 수밖에 없었던 그 시절이.

에어컨을 자주 접하는 곳은 사람에 따라 다르다. 학생에게는 학교가 될 수 있고, 직장인에게는 회사가 될 수 있다. 혹은 가정이거나 대중교통일 수도 있다. 대체로 자의에 의해 조절하거나 노출되지 않을 수 있지만, 직장의 경우에는 달랐다. 상하 체계가 있는 직장에서 직원 한 명의 의견은 에어컨 작동 유무에 반영되기 어려웠다.

이전에 근무했던 직장에서는 20명의 직원이 한 사무실을 사용했다. 직원 5명이 배치된 공간을 기준으로 천정형 에어컨이 1대씩 설치되어 있었다. 부장님은 에어컨의 생사여탈권을 쥐고 계셨다. 더우면 "에어컨 키세요."라고 말했고, 본인이 추우면 "에어컨 끄세요."라고 말했다.

부장님이 안 계실 때는 팀 내에서 자율적으로 사용할 수 있었다. 하지만 내 주변에는 더위를 타는 사람들이 유독 많았다. 여름에는 출근하면서부터 찡그린 얼굴들이었으니까. 책상에는 각 자가 휴

대용 선풍기를 비치하고 있었고, 입버릇처럼 반복하던 말은 "에어컨 언제 틀어?"였다.

부장님 또한 더위를 많이 탔으므로, 나로서는 줄곧 옷을 껴입을 수밖에 없었다. 의자 뒤에는 바람막이와 가디건이 유니폼처럼 늘 걸려 있었다. 입어도 해결되지 않을 때에는 이따금씩 바깥을 걷다가 돌아왔다. 에어컨 사용이 심한 날에는 뙤약볕조차 봄의 햇살처럼 느껴지기도 했다.

한 번씩은 "추우니까 잠깐 에어컨 껐으면 좋겠어요."라고 말하고 싶었다. 묻고라도 싶었다. 하지만 나만 추워 보인다는 이유로 침묵을 고수했다. 에어컨 바람을 쐬며 평온해진 동료들과 달리, 내 마음은 여름 한낮의 땅처럼 뜨거웠다. 밤이 되면 여름의 열기가 서서히 식어가듯, 퇴근할 때마다 스스로를 다독였다. 단체 생활을 하기 위해서는 어쩔 수 없다고. 다수가 원하는 방향으로 맞춰가야 한다고.

"잠시 에어컨 꺼도 괜찮을까요?"

왜 이 말을 꺼내지 못했을까. 무엇을 위해 감기

에 걸리면서까지 주저했을까. 에어컨을 끄자고 이야기했을 때 동료들이 나에게 실망하지는 않을까, 유별나다고 보는 건 아닐까 미리 넘겨짚었다. 동료들이 어떤 반응을 보일지 몰랐지만 '좋지 않은 반응을 보이는 건 아닐까.' 상상하며 표현을 제한하고 통제했다.

관계에서 생각이나 감정을 표현하는 건 자연스러운 일이다. 중국집에 짜장면을 주문할 때 "단무지 좀 보내주세요."라고 말하지 않듯, 당연한 것이기도 하다. 관계를 이어가기 위해서는 생각이나 감정을 서로에게 묻고, 알려줘야 한다. 그때그때 일어나는 상황마다 마음속으로 느끼고 인식한 것을 진실되게 이야기할 때 서로에게 한 발짝씩 다가갈 수 있다.

생각이나 감정을 표현하기 위해 꾸준히 노력하며 깨달았다. 물어보거나, 알려줬어야 했다. 에어컨을 잠시 꺼도 되는지, 혹은 나는 지금 춥다는 걸 말했어야 됐다. 친한 동료들이라고 여기면서도 표현하지 않아, 다가오는 그들을 외면하고 뒤로 물러선 꼴이 되었다.

관계는 서로에게 조율해가는 과정이다. 비록 '나'와 '너'는 살아온 환경도, 가치관도, 생긴 모습도 다르지만 묻고 알려주면서 맞춰갈 수 있다. 조율한다고 해서 '나' 또는 '너' 자체가 변하지 않는다. 합주를 떠올려보자. 각 악기마다 맡는 파트가 따로 존재한다. 본연의 소리가 있다. 피아노가 기타나 드럼의 소리를 대신 내줄 수 없다. 서로가 진실하기 위해 노력한다는 확신이 생길 때 마음으로 느끼는 소리를 낼 수 있다. 하모니가 된다. 다른 악기를 의식하며 흉내 내거나, 나만 생각하여 개성이 강한 소리를 고수한다면 합주는 완성되지 못한다.

'나'와 '너'는 애초에 다른 존재이다. 묻지 않으면, 혹은 알리지 않으면 관계를 유지하기 어렵다. 단 한 번도 춥다거나, 에어컨을 끄자고 제안하지 않았으면서 동료들을 탓하는 건 반칙이다. 적어도 동료들은 "덥다."라며 자신들의 소리를 냈다. 옷을 껴입고도 추위가 가시지 않을 때, "잠시 에어컨을 꺼도 괜찮을까요?"라고 마음의 소리를 내며 다가 섰다면 폭염보다 더한, 체온처럼 뜨거운 우정을 나눌 수 있지 않았을까.

마음의 문을 통해
관계를 맺자

우리는 관계를 맺으며 살아간다. 고독에 익숙한 성향이라도 연락을 주고받거나 만나는 최소한의 관계는 있다. 이러한 관계는 자율성에 기초하지만, 필수적인 경우도 있다. 혈연으로 맺어진 관계가 그 것이다. 이웃보다 못한 사이가 되는 경우도 드물게 있지만, 우리는 가족 내에서 안정적인 관계를 경험하며 성장한다.

여기에 또 하나의 필수적인 관계가 있다. 직장 내에서의 관계이다. '일'을 한다는 요량으로 취업했지만, 수많은 '관계'의 문턱은 '일'보다도 마음을 어지럽힌다. 어렵게 취업한 직장에 나를 괴롭게 만드는 한 명의 상사가 있다고 생각해보자. 그 한 명만 없다면 회사생활은 안정적이며, 미래를 꿈꾸어 나갈 수 있을 텐데. 내일 출근할 걱정으로 땅이 꺼지도록 한숨을 쉬지는 않을 텐데.

친구 A에게서 상사에 대한 이야기를 들은 적이 있다. 그의 말에 따르면 어떤 노력을 기울여도 상사의 마음에 들기는 어렵다고 했다.

진행하는 일마다 지적을 받는 바람에 친구는 긴장하기 일쑤였다고 한다. 긴장한 사람은 부자연스럽다. 머릿속은 온통 '실수하면 어떡하지?'라는 생각으로 가득 차 있다. 친구 가뜩이나 서툴렀던 업무에 익숙해지기 어려웠다고 한다. 아무리 직장에서 상급자와 하급자로 만났더라도 관계라는 건 기본적으로 주고받는 것인데. '단 한 번이라도 내가 왜 실수를 자주 하는지 먼저 물어봐 주었다면 어땠을까.' 하는 생각이 자주 들었다고 친구는 설명했다.

어떻게 하면 자신을 괴롭게 만드는 직장 상사와의 관계에서 스스로를 지키며 근무할 수 있을까. 친구는 '그럼에도 불구하고 잘 보이기.' 방법을 썼다고 한다. 납득하기 어려운 일로 상사가 트집을 잡아도 죄송하다는 말과 함께 따르고 보았다고 설명했다. 사석에서도 직장에서의 관계를 잊고 상사의 기분을 맞추기 위해 노력했다는 말도 덧붙였다.

대학원 수업에서 '관계에는 문이 있다.'라는 이야기를 들었다. 이는 타인이나 세상과 벽을 쌓고 지내는 사람에게 가상의 문을 상상하게 하여 스스로에게 관계의 주도권이 있다는 걸 깨닫도록 돕는다. 좋아하는 사람에게는 문을 열어주고, 싫어하는 사람에게는 문을 닫을 수 있다. 특히 위와 같은 상사에게는 자신이 낼 수 있는 가장 센 힘으로 문을 닫고, 도어락을 설치할 수도 있다. 하지만 문을 완전히 닫아버리면 상사와의 관계를 유지해야 되는 직장생활이 곤란해지므로 상사와 마주할 때면 문을 살짝만 열어놓자. 열긴 열었지만 닫힌 것에 가까운, 봄이 되어 덥진 않지만 봄바람을 쐬기 위해 살짝 열어둔 문처럼. 합당하지 않은 이유로 이상한 소리를 하면 곧장 문을 닫아버릴 수 있도록.

퇴근 후에는 상사와의 관계의 문을 닫아보자. 잘 닫혔는지 손잡이를 두세 번 돌려가며 확인하자. 나와 맞지 않는 사람에게는 그 사람과 내가 맞지 않다는 걸 한 번씩 느끼게 끔 해야 한다. 그래야 살짝 열린 관계의 문을 비집고 들어오려고 노력하지 않는다. "우리는 직장에서의 관계까지예요."라고 말하기는 어렵지만, 상사가 전적으로 옳다는 식으로 행동해서는 안 된다.

우리에게도 생각이 있고, 가치관이 있다. 스스로를 거스르면서 까지 맞출 필요는 없다. 하고 싶은 이야기가 있다면 꺼내 보자. 상사가 호통 치는 모습이 각인되어, 혹은 이전에 겪었던 비슷한 경험이 떠올라 우리를 제한하고 있는지도 모른다. 관계에서 대화보다 중요한 건 없다. 움츠러들지 말고, 고개를 들고 마음속에 있던 그 한 마디를 꺼내 보자.

모든 관계에는 문이 있다. 그 문은 스스로만이 열 수 있다. 좋아하는 사람에게는 활짝 열 수 있고, 싫어하는 사람에게는 굳게 닫을 수 있다. 하지만 때로는 열어야만 하는 관계가 있다. 그럴 경우에는 살짝만 열어두자. 지내고 보니 괜찮은 사람이라고 느끼면 열고, 아니면 닫아버리자. 아니, 잠가버리자.

기어코 퇴사를 한 친구는 그때를 돌이켜보며 잘 그만두었다고 했다. 그는 관계에도 문이 있다는 걸 알지 못해, 상사의 언행으로부터 마음을 제대로 지켜내지 못했다. 애초에 삐뚤어진 마음을 품은 사람과는 관계가 맺어질 수 없다고 생각한다. 호전될 가능성도 희박하다. 상대방의 생각이 바뀌어야 하는데, 친구의 상사가 바뀔 사람이었다면 다르게 살아가지는 않았을까.

스스로가 만든 관계의 문을 통해 우리를 지키며, 소중한 사람들을 마음으로 자주 초대하자. 어울리며, 즐거운 시간을 보내자. 점차 가벼운 발걸음으로 맞이할 내일이 기다리고 있을 테니까.

사람에게 속는다는 것

최근, 사람에게 속는 경험을 했다. 당시에는 몰랐다. 3년이 지난 뒤에 그가 나를 속인 것임이 밝혀졌다. 어떻게 속였는지에 대한 기억이 없다. 확실한 것은 다만 그가 나를 속였고, 나는 속았다는 사실이다.

3년 만에 불거진 사건으로 사람에 대한 정의가 바뀌었다. 자신의 이익을 위해서라면 언제든지 속일 준비가 되어 있는 게, 지금의 내가 생각하는 사람이다.

어떤 사람이, 어떤 상황에서 속임수를 쓸까. 대비하고 싶어도 정해진 것은 없다. 이 글을 쓰다가도 나는 예상치 못한 상황에 부딪칠 수 있고, 그 상황 속의 사람에게 속을 수 있다.

"학생 나 좀 도와줘."

출근길에 만난 할머니가 말했다. 할머니는 가게 출입문 옆에 붙어있던 선반에서 무언가를 꺼내려고 했다. 선반의 높이는 얼핏 보아도 내 키보다 높았다.

"무엇 때문에 그러시는데요?"

우산으로 선반 곳곳을 두드리는 할머니에게 물었다. 할머니는 가게 열쇠가 저 어디쯤에 있는데 키가 안 닿아서 못 꺼내고 있다고 대답했다. 상황은 이해가 되었다. 할머니는 가게 안으로 들어가기 위해 열쇠를 찾고 있었다. '그렇구나.' 하며 꺼내드릴 수 있었다. 그래야 했다. 그러나 나는 한 번 더 물었다.

"사장님이세요?"

할머니는 청소부라고 대답했다. 어제도 왔었고, 오늘도 가게 내부 청소를 하기 위해 방문했다고 했다. 이 가게는 몇 주 전부터 오픈을 준비하고 있었다. 외관을 살펴보면 개업이 임박했으므로 할머니의 설명은 분명 설득력이 있었다. 나는 열쇠를 찾아 꺼내 드리고 빠른 걸음으로 출근길을 이어갔다.

걸어가는 내내, 할머니 생각이 났다. 청소를 하고 계실 할머니를 생각한 것은 아니었다. 꺼내드린 열쇠로 가게 문을 잘 여셨을까 하는 생각은 더더욱 아니었다. '할머니는 청소부가 맞을까.' 하는 의구심이었다. 가게 사장이 열쇠를 선반에 올려놓는 걸 지나가던 할머니가 우연히 보고, 의도적으로 나에게 접근하여 꺼내 달라고 한 것은 아닐까 하는 생각이 머릿속을 떠나지 않았다. 가게로부터 10분 남짓 걸어왔음에도 되돌아가서 확인하고 싶다는 충동이 들었다. 이따금씩 멈추어 서서 순박한 청년을 속였다며 비웃는 할머니를 나는 상상했다.

사람을 좋아하지만 선뜻 다가가지 못한다. 나를 꺼내 보이는 게 조심스럽기 때문이다. 좋아하는 사람 앞이라면 더욱 그렇다. 호감을 사고 싶다는 마음에 그가 좋아할 만한 모습으로 가장하기도 하고, 이상하게 보일 수 있는 내 말이나 행동을 검열하고 정제된 모습만을 드러내기도 한다.

　우정이라는 단어 앞에 하나의 수식어를 붙이라고 하면 나는 '뜨거운'을 선택하고 싶다. 스스럼없이 자신을 드러내고, 상대방과 부딪치면서 더욱 돈독해지는 과정을 어려서부터 부러워했다. 어떻게 저 친구는 거부당할 수도 있는 상황에서도 자신의 속내를 드러낼 수 있을까. 어떻게 저 친구는 반대되는 자신의 입장을 일목요연하게 설명할 수 있을까. 이러한 경험들은 나를 관객으로 만들었다. 친구들이 자신의 일상을 치열하게 조명하는 자리에서 나는 그들의 세계에 끼지 못했다. 나를 그저 바라보게 만들었다.

　그의 속임수에 크게 데인 까닭에 나는 더욱 신중한 태도를 갖게 되었다. 할머니가 용달차를 불러 가게 안의 장비들을 모두 가져가시는 건 아니겠지. 경찰에 체포되어 청년 공범이 있다고 자백하시는 건 아니겠지. 단순히 열쇠를 꺼내는 데 도움을 주었다는 이유로 처벌을 받는 건 아니겠지. 가뜩이나 옹졸한 마음이 더욱 작아지는 걸 느낀다. 할머니에게는 죄송할 따름이다.

나의 친절은

전화번호부에는 나와 인연을 맺은 사람들이 있다. 학교에서, 직장에서, 모임에서 만난 사람들로 채워져 있다. 그중에서 가깝다고 생각되는 이름들을 들여다보면, 과거에는 가까웠지만 서서히 멀어진 사람들이 대부분이다. 연락하기도 어렵고, 연락한다고 해서 관계를 지속하기는 더욱 어렵다. 공통분모가 사라졌기 때문이다.

그 사람들과의 추억을 떠올려보면 관계의 첫 매듭은 나의 친절에서 시작되는 경우가 많았다. '나를 어떻게 생각하고 있을까.'를 밥 먹듯이 의식하는 내가 관계를 맺기 위해 선택할 수 있는 유일한 방식이기도 했다.

친절을 통해 그 사람이 즐거워하는 걸 지켜보는 것도 좋았지만, 관계를 이어가는 수단이라는 사실이 더욱 중요했다. 그래서였을까. 나의 친절이 닿지 않는 곳에서 지내는 사람들과의 관계는 유지하기 어려웠다. 무엇을 필요로 하는지 알아야 관계 유지를 위한 친절을, 아니 인위적인 접촉을 계속할 수 있기 때문이다.

나는 친절한 사람일까. 주변에서는 친절하다고 이야기하지만, 아니라는 것을 나는 안다. 사람들에게 주었던 나의 친절은 관계를 잇는 징검다리임과 동시에, 과거의 다른 누군가에게서 받고 싶었던 모습이기 때문이다.

힘겨운 일이 있을 때에도 그 사람을 위해 웃어 보였던 이유는, 과거 누군가가 나에게 웃어주기를 바랐기 때문이었다. 여러 감정들이 마음속을 들쑤셔도 잠자코 그 사람의 목소리를 들을 수 있었던 이유는, 과거 누군가가 나를 무조건적으로 수용해 주기를 바랐기 때문이었다.

나에게 어떤 일이 생겨도, 비록 그 일이 내가 저지른 잘못이라 할지라도 "괜찮아." 하며 다독여주는 존재가 있었다면. 자애로운 눈빛을 하고 말끝마다 "그랬구나.", "많이 힘들었겠구나."라고 말하며 귀 기울여 주는 존재가 있었다면. 괴로울 때에 마음이 가벼워질 때까지 곁에 남아 위로해 주는 존재가 있었다면, 나 자신에 대해 확신을 가지고 관계를 만들어가지는 않았을까.

오늘에 이르러서야 비로소 나에게 말한다. 내가 듣고 싶어 했던 말을. 나에게 필요했던 말을. 다른 사람들보다 나에게 더 해 주고 싶었던 말을.

괜찮아. 그랬구나. 많이 힘들었겠구나.

● 상처를 지우개로 지워나가자
●
●

　공부할 때면 주로 단색 볼펜을 사용한다. 특히 모나미 검정 볼펜을 좋아한다. 글씨도 잘 써지고, 무게도 가볍고, 저렴한 가격은 친구에게 빌려주었다가 잃어버려도 부담이 되지 않았다. 대학원에 들어간다며 누나가 선물해 준 필기구에는 샤프가 끼어 있었다. 고등학교 때 이후로 오랜만에 집어 보았던 것 같다. 제법 무거웠지만 '사용할 일이 생기지 않을까?'라고 생각하며 필통에 넣어두었다.

　도서관에서 공부를 하다가 문득 필통에 들어있던 샤프가 눈에 띄어 사용했었다. 꺼내든지 몇 분이나 흘렀을까. 샤프가 주는 매력에 금세 빠져들었다. 먼저, 볼펜보다 옅은 색감은 나를 강하게 드러

내지 않는다는 느낌을 주어서 좋았다. 또한, 부드
러운 감촉은 필기할 때 편리했다. 그중에서 특히
좋았던 점은, 샤프로 적었던 글자들은 볼펜과 달리
흔적이 덜 남게 지울 수 있다는 것이었다.

볼펜을 사용하다가 수정해야 될 일이 생기면 우
리는 수정테이프를 꺼내 든다. 하지만, 수정테이프
가 덮인 자리에 글자를 쓰고 나면 오히려 지저분한
느낌이 들기도 한다. 겹겹이 칠해진 진한 흰색이
눈에 띄기 때문이다. 무엇보다, 수정테이프 안의
글자는 지워지지 않고 그대로 남아있다. 그저 가
리는 것일 뿐이니까. 샤프로 쓴 글자를 고치기 위
해 우리는 지우개를 사용한다. 지우고 나면 종이에
는 옅은 흔적으로 남는다. 우리는 그 위에 새로운
글자들로 채워나갈 수 있다. 비록 이전의 흔적들을
말끔히 지우는 것은 어렵겠지만.

우리의 마음을 종이라고 생각해보자. 마음에 남
아있는 상처, 즉 볼펜의 흔적을 말끔히 지울 수 있
다면 좋겠지만 그럴 수 없다. 수정테이프를 사용하
는 건 상처 받은 일을 덮어두는 것과 유사하기 때
문이다. 상처를 받을만한 일은 우리의 일상에 가득

하다. 하나의 작은 활동이라도 타인과 연결되는 순간 우리는 상처를 받곤 한다. 누가 잘못했는가를 따지는 것은 나중의 일이다. 중요한 것은 우리가 상처를 받았다는 사실이다.

별 것 아니라고, 내가 잘못한 것이라고, 그럴 수 있다고 하며 우리는 애써 잊으려 한다. 그러나 충분한 시간과 관심을 가지고 돌보지 않는다면, 이는 글자 위의 수정테이프와 같다. 사라지지 않은 상처의 글자들이 그 자리에 선명하게 남아있기 때문이다.

샤프를 꺼내 들고, 최근에 상처 받았던 일들을 종이에 적어보자. 다 적은 뒤에 그 글자들을 자세히 들여다보자. 당시의 상황을 곰곰이 생각해보며 지우개로 하나씩 지워나가자. 글자들이 흔적만 옅게 남았다면, 그 위에 현재 느끼고 있는 감정들을 남김없이 써보자. 화가 났고, 불쾌했고, 슬펐고, 짜증이 났던, 그때의 생생한 감정들을.

지긋이 바라보며, 위로하자. 여전히 상처로 남아있는 그 감정들에 머물며, 격려하자.

상처가 되는 경험을 볼펜이 아닌 샤프로 마음속에 남겨두는 연습을 시작하자. 자책하지 말고, 스스로에게 관대해지자. 물론, 살아가며 아무런 상처를 받지 않는다면 더할 나위 없이 좋겠지만, 인생은 길고 우리의 의도대로 흘러가지 않는다. 옅은 색으로 적어두고, 조금씩 지워나가자. 우리는 쓰라린 상처 위에 다가올 내일을 적어나갈 수 있는, 용기 있는 사람들이니까.

삶의 의미가 희미해져 갈 때면 내면의 소리에 귀기울여보자. 진실된 오늘을 보낸 우리 앞에 펼쳐질, 풍요로운 내일을 위해.

3부

마음에 귀 기울이며 진심을 적다

- 퇴사하던 날
- 가장 솔직한 모습으로 퇴근했다
-

들춰보려다 두려운 마음에 덮고, 이내 다시 꺼내어 그만두던 날의 기억을 떠올려본다.

사람들의 표정에는 저마다의 감정이 담겨 있다. 웃는 표정을 보고 '저 사람은 즐거울 거야.'라고 말하기 어려운 이유는 각 자의 사정이 있기 때문이다. 한 사람의 표정은 그 사람이 현재 어떤 감정을 느끼고 있는지 묻지 않으면 이해하기 어렵다. 힘겨운 상황에서도 웃음을 잃지 않으려고 노력하는 사람들도 있기 때문이다. 하지만 우리는 자신의 입맛에 맞게 해석한다. 머리가 터질 것 같은 고민을 하고 있는 사람 또한 옅은 미소를 짓고 있다는 이유만으로 누군가에게는 행복한 사람으로 보일 수 있다.

퇴사를 결심한 한 달 전부터 출근길에 만난 사람들은 대부분 슬픈 표정을 짓고 있었다. 돌이켜 보면 사람들의 표정이 실제로 어떻든 내가 우울했기에 슬퍼 보였던 게 아닐까. 마지막 출근 날의 지하철 풍경은 먹구름이 잔뜩 낀 하늘같았다. 새까만 구름처럼 사람들에게 보이고 싶은데, 주변 구름들이 워낙 어두운 까닭에 조금도 튀지 않게 느껴졌다. 나의 표정을 보았던 사람들에게 그저 즐거운 사람쯤으로 기억되겠지.

첫 직장에서의 마지막 출근길 열차가 출발했다. 두 가지의 출근길을 두고 고민했다. 과거에 자주 다니던 길과 최근에 알게 된 길 중에서 어느 길로 출근할까. 첫 번째 길은 두 번의 환승을 거치지만 익숙한 길이라 편하고 좋았다. 반면에 두 번째 길은 환승이 한 번뿐이지만 낯선 길이라 거부감이 들었다. 직장에서도 유사했다. 진로에 대한 고민이 많아질 즈음부턴 시도하는 걸 두려워했다. 발전하기 위해서는 기존의 형식에서 변화를 줄 필요도 있는데. 결정할 때가 다가오면 나는 그럴듯한 핑곗거리를 찾아 합리화했다. 스스로의 한계를 일찌감치 정해두고, 나는 회피를 반복할 수밖에 없는 존재라 며 깎아내렸다. 도전 너머에는 어떠한 삶이 기다리 고 있을지 아무도 모르는데. 퇴사로부터 삶이 변화 할 수 있다는 희망을 얻어서였을까. 두 번째 길로 가기 위해 첫 번째 환승역을 지나쳤다.

이어폰으로는 쉴 새 없이 노래가 흘러 나왔다. 노래 취향도 길과 비슷하다. 나는 익숙한 노래를 좋아한다. 노래는 반복해서 들을수록 제철 과일처 럼 익어간다. 가사나 멜로디가 귀에 거슬리지 않고 마음에 편안함을 주기 때문이다. 한 곡 반복을 좋 아하다 보니 중간에 다른 노래가 섞이는 걸 선호하 지 않는다. 그런데 이상하게도 이날은 평소에 듣지 못 했던 노래가 듣고 싶었다. 상위 차트에 있는 노 래들을 골고루 재생 목록에 추가하며 듣기 시작했 다. 처음 듣는 음악이 낯선 길에 더해지며 가슴을 더욱 설레게 했다.

지하철에서 내려 회사까지 걸어가는 길. 면접 보던 날, 첫 출근하던 날, 첫 월급 받았던 날, 동기 들과 술 마시고 돌아오던 날, 상사한테 혼난 날 그리고 퇴사를 고민하던 많은 날들이 주마등처럼 지나갔다. 울컥하는 마음에 하늘을 올려다보고, 바닥을 내려다봐도 추억이 새겨지지 않은 곳은 없었다.

이 길에 영원히 머물고 싶다. 걸음이 멈추면, 빛나던 시간은 막을 내린다.

먼저 그만두었던 사람들의 표정이 떠올랐다. 왜 그만두는지, 그 이유에 대해 잊어버린 것처럼 밝은 표정이었던 그들. 나는 그들이 행복한 거라 여겼지만, 아니었던 것 같다. 아쉽지는 않았을까. 직장에 첫 발을 내디딘 날부터 그만두던 날까지 회상하며 '이렇게 해보면 어땠을까?' 혹은 '저렇게 해보면 어땠을까?'하며 되뇌지 않았을까. 오늘의 나처럼.

미리 정리해 둔 짐을 챙겨 사무실을 빠져나왔다. 송별회 장소로 걸어가는 길. 친한 동료들이 앞서 걸어가고 있었지만 쫓아가지 않았다. 그들과 무슨 이야기를 나눠야 할지 판단이 서지 않았기 때문이었다. 그만두는 마당에 일 이야기를 하는 건 싫고, 앞으로의 계획을 동료들이 물어보면 대답할 자신이 없었다. 내일 남산을 다녀오는 것 말고는 아무런 계획이 없었으니까.

술을 연거푸 들이마셨다. 잔을 함께 기울이는 고마운 사람들은 평생 잊지 못할 것 같다. 이 곳에서 2년 5개월 동안 근무할 수 있었던 건 동료 덕분이다. 느껴졌다. 말로 표현하진 않았지만 얼마만큼 나를 생각해주었는지, 촉촉해지는 서로의 눈을 통해 확인할 수 있었다.

부서져가는 기억들과 멀어져가는 동료들의 공백을 느끼며, 송별회가 끝나고 혼자 집에 가는 길에 감정이 폭발하고 말았다. 그동안 나는 얼마나 많은 감정들을 숨겨왔던 걸까. 두 눈에서 는 예고 없던 눈물이 쏟아져 나왔다. 울고 또 울었다. 그만두던 날, 입사 후 가장 솔직한 모습으로 나는 퇴근했다.

● 안주보다 입을 가득 채운 건
● 상사의 이름
●

　회사의 이익을 위해 모인, 급여라는 족쇄를 찬 사람들 사이에서 고민을 털어놓는다는 게 사치라고 느껴질 때가 있었다. 성과를 만들어내기에도 모자란 시간에 고민이 있다는 이야기를 한다면 불량품이 내는 잡음으로 받아들일 가능성이 크기 때문이다. 협력적인 업무구조가 강조되는 요즘 사회에선 팀보다 위대한 개인은 없다고 한다. 팀을 위한 개인의 희생쯤 당연시되는 환경이라면, 내가 가진 고민들은 과연 누구에게 털어놓아야 되는 걸까. 아니, 털어놓아도 되는 걸까.

　세 번째 직장에서는 고민이 생기면 언제든지 털어놓으라던 상사가 한 명 있었다. 나와는 정 반대의 성향을 지녔던 그 상사는, 지난 몇 년 동안 꾸준히 좋은 성과를 내며 탄탄한 입지를 다지고 있었다. 때마침 상사의 팀에는 한명의 결원이 생겼고, 나는 그 팀에 신입사원으로 들어가게 되었다. 능력을 인정받은 상사와 함께 일한다는 게 좋기도 했지만 걱정이 앞섰다. 업무 경험이 없던 내가 한 사람의 몫이나 제대로 수행할 수 있을지 확신이 서지 않았기 때문이다. 더욱이 관리자들은 내가 소속될 팀의 상사에게 큰 기대를 걸고 있었다. 상사는 그런 관리자들의 마음을 아는지 모르는지 부담스러울 수 있는 그 상황을 즐기는 것만 같았다. 관리자들의 '기대'라는 심리가 상사에겐 '동기부여'로 다가왔던 게 아닐까.

상사의 팀에 소속되어 2년을 보냈다. '성공을 향한 지름길'을 걷게 되었다고 기대했던 신입사원의 기대가 깨지기에는 충분한 기간이었다. 돌이켜 보면 처음부터 상사와의 관계가 어긋났던 건 아니다. 좋았던 팀의 성과는 내가 합류한 후에도 이어졌다. 덕분에 다른 팀들에 비해 실적 압박이 크지 않았고, 입사동기들에 비해 심적으로 여유로웠다. 물론 일을 할 때에는 다른 팀들보다 앞서기 위해 치열했지만 그때마다 들려오는 관리자들의 격려와 지지는 쌓여있던 피로를 눈 녹듯 달래 주었다.

하지만 시간이 쌓여갈수록 상사와 나 사이에 틈이 생기기 시작했다. 대화는 점점 줄어들었고 상사의 일방적인 지시가 이어졌으며 원하는 대로 업무를 처리하지 않으면 덜컥 화를 내곤 했다. 이런 상황들은 반복되었고 나는 상사에게 마음을 주지 않고 거리를 두기 시작했다. 상사에게 가졌던 불만들 중에 몇 개만 꼽자면 아래와 같다.

● 이미 결정해놓고 의견을 구하는 행동

상사는 업무에 대한 의견을 가끔 물었다. 상사의 기분을 거스르지 않는 선에서 내 생각을 말했다. 상사는 고민하는 표정으로 몇 초간 서 있다가 결국은 본인이 세운 계획대로 일을 진행했다. 내 의견이 어떤 이유에서 적합하지 않은지, 납득할 수 있는 이유라도 알려주면 좋으련만. 본능적인 감에 충실한 상사의 모습에 나는 점차 할 말을 잃었다.

● 입사동기와 나를 비교하는 행동

업무를 하던 내가 마음에 들지 않는 방식으로 행동하면 상사는 "A는 지시대로 잘한다던데 너는 왜 그러냐?"라는 식으로 동기들과 자주 비교했다. 상사는 경쟁심을 부추겨 더 잘해내길 원했다. 쓰러질 것처럼 힘들 때에도 "조금만 더, 조금만 더"를 외치던 상사. 팀의 실적이 곧 상사의 업적이 된다는 것을 그때의 나는 미처 알지 못했다.

● 기분에 따라 달라지는 행동

상사의 감정은 롤러코스터와 같아 팀원들이 눈치 보게 되는 상황이 자주 생겼다. 비슷한 실수에도 기분이 좋을 때는 한 없이 너그러웠지만, 기분이 나쁠 때는 매섭게 화를 냈다. 업무에 집중해야 되는 상황에서도 나는 상사의 표정을 살폈고, 좋지 않아 보일 때는 보고나 결재도 차일피일 미루곤 했다.

내가 가진 불만들을 그냥 참고만 있었던 건 아니었다. 고민 끝에 상사를 찾아가 순화하여 말 한 적이 몇 번 있었다. 어렵게 꺼냈던 만큼 그동안의 내가 인내한 시간들을 상사의 변화라는 보상으로 돌려받을 줄 알았다. 하지만 사람은 쉽게 변하지 않았다. 관리자들은 상사의 능력을 높이 평가했기에 심심치 않게 들리는, 상사의 안 좋은 소문에는 귀 기울이지 않았다. 상사를 이해하기 위해 갖은 노력도 해 보았다. 상사가 좋아하던 영화를 보고 음악을 듣고 책도 읽고, 성장 환경까지 고려했지만 끝내 나는 그를 받아들일 수 없었다.

술을 마시면, 안주보다 입을 가득 채우는 건 상사의 이름이었다. 유독 심하게 거론했던 밤이면 미안한 마음이 들기도 했었다. 다음날 만난 상사의 변함없는 모습에 실망한 날이 더 많았지만. 상사도 분명 나와 같은 팀원이었던 시절이 있었을 것이다. 그 모습을 상상하니 아련해진다. 상사는 자신이 후배들에게 어떤 모습으로 비춰지길 원했을까. 적어도 내가 보았던 모습은 아니었을 것 같다. 또한 언제부터 상사는 자신의 잘못된 습관들로 후배들을 괴롭힌 걸까. 궁금했지만 더 이상 나와는 상관없는 일이니 털어 버리기로 했다.

이제 나는 상사를 용서하고자 한다. 더 이상 그를 떠올리며 시간을 보낼 기력이 남아있지 않기 때문이다. 진한 기억 속에서 멀리 떠나가기를 바란다. 배웅해 줄 마음의 여력은 남아 있지 않으므로, 지금 이곳에서 작별의 인사를 건넨다.

● 다시 가을이 오면
● 나와 더 가까워져 있기를
●

　가을이 간다. 외로움을 감당하지 못한 채 한밤
의 공원을 걷기도 여러 번. 따뜻한 어묵탕에 의지
하여 못하는 술 한 잔 하고 싶어지는 계절. 겨울이
다가온다. 첫 번째 퇴사를 맞았던 가을은 시들어가
는 낙엽과 함께 사라진다.

　전 직장으로 돌아가고 싶다는 생각을 자주 했
었다. 단물 빠진 기억들은 어느새 좋은 추억들로만
남아 퇴사 전 모습 그대로 동료들이 반겨줄 것만
같았다. 나라면, 떠나있었던 3개월의 공백을 동료
들이 느끼지 못할 정도로 금세 적응할 수 있을 것
같았다. 상사들에게 인정받고 후배들이 따르던 나
였으니까.

이직을 준비하면서도 재입사를 상상했다. 달콤했다. 현실은 만만치 않았으니까. 잘 알지도 못하는 기업들에 단지 취업을 위해 이력서를 써야 하는 나를 받아들이기 힘들었다. 채용공고 중에는 끌리는 일은 없었고, 하고 싶은 일은 갈피조차 잡지 못했다. 순전히 돈이 목적이었다. 취업에 대한 불안이 커질수록 '다시 함께 일했으면 좋겠다는 연락이 오지는 않을까?'하며 헛된 바람을 품기도 했다.

이제는 알 것 같다. 더 이상 상념을 떨쳐버리기 위해 밤마다 공원을 걷지 않아도 된다. 자유로워졌다. 덕분에 과거를 돌아볼 여유도 생겼다. 그만둔다는 결정을 하기까지의 8개월이라는 기간 동안 나는 극심한 스트레스에 시달렸었다. 그런데 희미해졌나보다. 베개를 눅눅하게 적셨던 자국들이 흔적도 없이 사라진 것처럼.

아직 무엇을 하고 싶은 지 찾지는 못했다. 어쩌면 하고 싶은 일을 평생 찾아 헤맬 수도 있다. 그럼에도 불구하고 나아가기를 결코 두려워해서는 안 된다. 만약 그만두지 않았더라면 나는 평생 그 시절을 떠올리며 후회했을 거다. 또한 받아들이지 못했을 거다. 한사코 부정했을 거다. 첫 번째 직장을 삶의 일부로 여기며 그저 적응하기 위해 노력했다면.

"이번에 그만둔 C는 OO기업에 들어갔대."

부러웠었다. 진로가 결정되지 않은 상태에서 들어 더욱 그랬을까. 주변 사람들이 듣게 될 내 소식 또한 해피엔딩이기를 바랐다. 높은 급여만큼 성공한 결말이 어디 있을까 싶었다.

아니었다. 성공에는 어떠한 기준도 없었다. 오히려 성공에 대한 집착이 나를 불행한 사람으로 만들 뿐이었다. 삶에는 각자의 길이 있다. 누구도 대신해줄 수 없는 자신만의 길. 외부의 환경을 의식한 채 나는, 나에게마저 등을 돌리고 있었다.

부정하고 싶었다. 내가 했던 말, 행동, 지었던 표정까지도. 나를 사랑하지도 않는 내가 했던 말들은 모두 거짓말처럼 느껴졌다. '괜찮다.', '충분하다.'는 표현을 동료에게는 그리 쉽게 하면서 왜 나에게는 그런 따뜻한 위로의 말들을 건네지 않았던 걸까.

'나는 어디로 흘러가고 있는 걸까?' 아니면 '정체되어 있는 건 아닐까?'라는 물음에 아무도 답하지 않는다. 사실 답하지 않는 게 맞다. 인생은 결국 혼자 살아가야 하는 거니까. 나는 줄곧 누군가가 대답해주길 기다렸다.

헛된 기대들이 느슨해졌다. 그 사이로 현실이 쏟아져 내린다. 아직은 감당하기 어렵다. 하지만 받아들이고자 한다. 이것 또한 내 삶이니까. '얼마나 많은 시간동안 나를 놓치고 살았을까?' 이 또한 누구도 대답해 주지 않는다. 나는 조용히 대답해본다. '지금이라도 알았으니 다행이야.'

행복하진 않지만, 미소 지을 수 있다. 좋다. 알게 되었으니까. 알아 가고 있으니까. 이 순간은 인생에서 나와 가장 친한 시절이다. 적어도 나에게 거짓말을 하고 있진 않으니까. 솔직하니까.

겨울잠을 준비하는 이들과 대조적으로 풍성했던 단풍나무들이 멋없게 야위었다. 피골이 상접한 꼴이 우습다. 저렇게 늙어가는 건 아닐지, 두려움이 인상을 살짝 찡그리게 한다. 하지만 우리는 안다. 내년이 되면, 모진 시간들을 인내한 우리 앞에 다시 찾아오리라고. 진한 가을은.

● 나답다는 건 무엇일까
●
●

　회사에서의 내 모습을 떠올려보면 '눈코 뜰 새 없다.'라는 표현이 어울리는 듯하다. 나에게는 기본적으로 주어진 일이 있다. 꼭 해야만 하는, 직장인이라면 누구나 가지고 있는 담당업무이다. 그런데, 신기하게도 일에는 정해진 양이 없나 보다. 내 일이 끝나면 동료들의 일을 도와야 한다. 그 외에도 담당업무로 분류하지 못한, 잡다한 일들은 대부분 나의 몫이 되어버린다.

　'멍하니'라는 표현은 잊고 지낸 지 꽤 되었다. 사무실에 앉아 있으면 상사의 따가운 눈길이 느껴지기 때문이다. 때로는 어떻게 일을 해 나갈지 고민하는 시간조차 놀고 있는 것처럼 보이지는 않을까 겁이 나기도 했다. 자연스레 일찍 출근하거나 야근을 하는 날이 늘었다. 업무에 온전히 집중할 수 있는, 상사가 없는 시간이기 때문이다.

이러한 나에게 글쓰기는 희망이었다. 일상에서의 나를 되돌아보며 스스로를 다독일 수 있었으니까. 하지만, 누군가가 내 글을 보고 있다는 의식이 커갈수록 나는 나를 포장하기 시작했다. 마치 상사라는 거대한 그림자가 직장에서의 나를 옭아매듯, 내 글을 읽는 누군가를 상상하며 열쇠 없는 수갑을 스스로에게 채웠다.

어제였다. 출근을 앞둔 나에게 아버지는 "남들에게 행복을 주는 사람이 그렇게 힘든 얼굴을 하고 다니면 어떡해."라고 말씀하셨다. 충격을 받았다. 사람들을 만날 때면 웃음을 잃지 않던 나였는데. 직장에서도 힘든 티를 내고 다닌 것은 아닐까. 혹시 글에서도 해결되지 않는 고민들을 거듭 언급하며 읽는 사람들에게 불편함을 준 것은 아닐까 걱정이 되었다.

한편으로는 다행이라는 생각이 들었다. 솔직한 내 감정을 드러낼 수 있어서. 사람들을 의식하느라 내가 어떤 감정을 지니고 살아가는지 까맣게 잊고 있었다. 어쩌면 누군가에게는 힘든 티를 내는 사람처럼 보였을지라도 모르지만 괜찮다. 그게 '나'이니까.

삶이란 단절되어 있지 않다. 이어진다. 따라서 한 사람을 몇 가지 상황만으로 판단하는 건 옳지 않다. 만약, 인상 깊었던 모습들로만 누군가를 평가했다면 정정하길 바란다. 우리 모두에게는 매 순간 보여주지 못한, 보여줄 수 없었던 모습들을 간직한 채 살아가기 때문이다.

나답다는 건 무엇일까. 애써 드러내지도 않고, 숨기지도 않으며 자연스럽게 행동하는 것은 아닐까. 어제와는 다른 모습의 내가 되기도 하고, 또 그제와는 닮은 모습을 보이기도 하며, 자연스럽게.

삶의 의미가 희미해져 갈 때면 내면의 소리에 귀기울여보자. 진실된 오늘을 보낸 우리 앞에 펼쳐질, 풍요로운 내일을 위해.

그 누구의 잘못도 아니었다

사람에게 있어 이름보다 더 오래 기억되는 것은 무엇일까? 고유명사처럼 존재하는 그 사람만의 특징이라고 나는 생각한다. 착하다거나 나쁘다는 등의 단순한 특징을 이야기하는 게 아니다. 잠시, 두 눈을 감고 과거에 '착하다'라고 느꼈던 두 사람을 각각 떠올려보자. 언뜻 비슷한 이미지일지라도 우리가 착하다고 느꼈던 포인트는 다르며, 그 사람들이 가지고 있는 고유한 느낌 또한 같지 않다.

한 사람의 특징은 성향과 경험, 상황에 따라 일정한 폭을 가지고 있지만 반복적으로 나타나는 경향성을 가진다. 관계를 통해서만 그 특징이 드러나므로 마주한 사람이 누구인지에 따라 여러 갈래로 해석 될 수 있다.

전 직장에서 내 이름 곁엔 꼬리표처럼 따라오는 수식어가 바로 "친절하시네요."였다. 나로서는 당연히 해야 될 일을 조금 더 신경 써서 부드럽게 했을 뿐인데, 사람들은 자연스레 친절한 사람으로 받아들였다. 친절한 사람이라는 굴레를 벗어나고 싶었지만, 자신은 그렇지 못하다며 동경의 눈빛으로 나를 쳐다보는 사람들의 기대를 저버리는 건 쉬운 일이 아니었다.

회사에서는 보여주지 못한 나만의 모습이 있고, 그 모습이 진정한 나라며 사람들 앞에 소리 내어 외치고 싶었다. 그래야만 웅크리고 지냈던 지난 시간들을 위로받을 수 있을 것 같았다.

한편으로는 직장에서 보이는 동료들의 모습이 그들의 전부라고 믿었다. 아니었다. 돌이켜보면 그들은 한 가정의 아버지거나 어머니였고, 아들이나 딸이었으며, 소중한 친구이자 든든한 이웃이었다. 술 한 잔에 받은 상처들을 위로하며, 불안한 내일을 이겨내기 위해 오늘을 충실히 살아가던, 나와 다르지 않은 사람들이었다.

나를 자주 질책하던 과장님의 취미는 요리였다. 주말이 되면 정성껏 준비한 음식을 예쁜 접시에 담아 아내와 함께 먹는 순간만큼 행복한 일이 없다고 했다. 그때 보았다. 가족을 생각하며 이야기하던 과장님의 눈이 얼마나 맑고 깨끗했는지를.

기분파였던 대리님의 꿈은 작가가 되는 것이었다. 하지만 생계를 유지하기 어렵다는 이유로 사회복지학과를 전공하셨다고 했다. 꿈을 포기하지 않고 시간이 날 때마다 글을 꾸준히 쓰며 습작 노트를 여러 권 가지고 계시다는 대리님. 옛 노트를 회상하던 대리님의 눈에선 석양 질 무렵이 연상되었다.

두 상사와 대화하며 바라보았던 그들의 눈은 아름다웠다. 좋아하는 것을 이야기할 때의 내 모습 또한 비슷하지 않을까 싶다. 상사든 후배든 결국 직장에 소속된 입장이다. 만약, 직장이 아니라 다른 곳에서 만났더라면 더 가까워질 수 있지 않았을까.

나의 직급이 과장이었다고 하자. 어땠을까. 외로웠을 것 같다. 직장에서도, 가정에서도 중대사를 결정하고 책임져야 하는 입장이다. 경험하지 못한 내가 상상할 수 없는 무게감이겠지. 나의 직급이 대리였다고 하자. 어땠을까. 두려웠을 것 같다. 승진을 하긴 했지만, 아직 직장에서 자리 잡지 못한 상태에서 더 많은 성과를 내기 위해 분투해야 한다. 내가 상상할 수 없는 치열함이었겠지.

나는 다 지난 일들을 들추어내며 그들을 가해자로 만들었다. 하지만 개인의 기억이란 기록과는 다르게 정확하지 않다. 기억은 점차 희미해졌고, 희미해진 공간에는 그들에 대한 안 좋았던 내 감정들이 반영되었다.

절대적으로 나쁜 사람은 없다. 단지, 직장이라는 특수한 여건이 나로 하여금 그들을 나쁜 사람으로 받아들이도록 만들었다. 나만 생각한다면 그들은 나쁜 사람이 맞을 수도 있다. 하지만, '나쁘다'라는 틀 속에 그들을 가두기에는 제한적이다. 나 또한 "친절하시네요."라고 불리기 싫었던 것처럼 개인을 단 하나의 특징으로만 부를 수는 없다.

나를 '친절하다'라고 부른 사람들을 용서하고자 한다. 또한 내가 '나쁘다'라고 불렀던 사람들에게 용서를 구하고자 한다. 그 누구의 잘못도 아니었다. 각자의 삶이 있었고, 맡은 바 역할에 따라 노력했으며, 서로가 달랐을 뿐이니까. 오히려 내 인생의 한 순간을 함께해 준 그들에게 감사의 인사를 전하고 싶다.

● 나를 찾아 걷는 길

●

●

평일 근로자들에게 주말은 일상의 고단함을 견 딜 수 있는 원동력이다. 토요일이나 일요일 없이 출근과 퇴근을 매일 반복한다고 생각해보자. 쳇바 퀴를 도는 햄스터의 삶과 크게 다르지 않은 것만 같다. 또한 야근을 밥 먹듯이 하는 요즘 사회에서 는 평일 약속은 업무에 부담이 되기 도 한다. 그래 서일까. 직장과 집을 주로 오가는 일상은 무기력하 게 느껴진다.

일요일이었다. 문득 시간이 멈추었으면 좋겠다 고 생각했다. 시계를 쳐다 볼 때마다 나는 불안해 했다. 가슴은 답답하고, 심장은 빠르게 뛰었다. 월 요일이 다가오고 있었기 때문이었다. 두 번째 직장에 적응하지 못했던 나에게 가장 큰 비극은 일요일을 맞이하는 순간이었다.

물론, 기대에 부풀어 월요일을 기다리던 시절도 있었다. 수습시절이었다. 선배들에게 잘 보이고 싶고, 업무에서도 능력을 인정받고 싶다는 생각에 의욕이 넘치던 때가 있었다. 하지만 입사하고 3개월이 넘어가자 나는 월요일을 겁내기 시작했다. 조직의 분위기나 사람들의 성향, 앞으로 어떤 일을 해야 되는지 파악하는 데에는 수습기간이면 충분했다.

잘 보이기 위해 노력했던 내 모습은 사람들이 나를 평가할 때의 기준이 되었고, 그 기준에 도달하기 위해 스스로를 감추며 노력하는 삶에 지쳐 있었다. 그러나 인정받고 싶다는 생각이 컸기 때문에 나는 첫 직장에서처럼 의욕적으로 직장생활을 했다. 자연스레 나에 대한 선배들의 기대치는 올라갔고, 스스로 쌓아올린 기준에 결코 다가갈 수 없었던 나는 자괴감에 빠져있었다.

집 밖으로 나왔다. 공원을 산책하며 불안함을 떨쳐낼 요량이었다. 하지만 걸을수록 '내일이 오면 어떡하지?'라는 물음이 머릿속에 들어찼다. 견디는 것 이외에는 해답을 찾지 못했으므로 나는 계속 걸을 수밖에 없었다.

산책로 주변에 피어있던 꽃들을 보았다. 철쭉이나 진달래라는 몇몇 꽃들의 이름은 알지만 모두 구분하지는 못 했다. 꽃의 종류를 세세하게 구별할 수 있다면 꽃은 더 아름답게 보일까. 이름이 주는 한계로 저마다의 개성을 지닌 꽃들을 획일적인 기준으로 평가할 것 같다고 나는 생각했다.

꽃들에게 완벽한 기준을 요구하는 사람은 없다. 하물며, 사람에게도 완벽한 기준을 요구해서는 안 된다. 업무 능력 중 부족한 부분이 있으면 인정하고, 개선할 수 있다면 천천히 노력하면 된다. 오히려 처음 경험하는 일에서 완벽한 사람이 있다면 그는 초능력자가 틀림없다.

걸음을 재촉하는 사람은 빠르게 걸어 수는 있겠지만 멀리 나아갈 수는 없다. 숨을 헐떡이며 금세 지치게 될 테니까. 반면에 제 걸음으로 걷는 사람은 빠르게 걸어갈 수는 없겠지만 멀리 나아갈 수는 있다. 스스로가 소화할 수 있는 속도로 걷기 때문이다.

걸었다. 보았다. 느꼈다. 불안한 감정이 잦아들고, 그 자리엔 봄볕의 따사로움과 선선한 바람, 새들의 재잘거리는 소리가 찾아왔다. 나는 자유로웠고 자유로워진 나는 지나간 시간들을 용서하며, 남아있는 오늘을 마음껏 즐기기로 했다.

● 나는 단지
● 순간을 살아갈 뿐이다
●

　혼자 남겨진 시간이면 스스로에게 묻고는 한다. '과거 나의 선택이 현재에 어떤 영향을 미쳤고, 앞으로 어떤 노력을 기울여야 더 나은 미래를 맞이할 수 있을까?'라고. 좋은 미래에 대한 명확한 기준은 없다. 또한 과거를 돌아볼 때 얼마만큼의 시간을 들여야 충분하다고 말할 수 있는지, 어느 깊이까지 내면을 들여다봐야 적당하다고 할 수 있는지 알 수 없다.

　작은 선택에도 선천적인 기질, 자라온 환경, 경험, 관계와 같은 여러 요인들이 작용한다. 예를 들어, 과자가 먹고 싶을 때 나는 필요한 만큼만 구입한다. 주로 한 개이다. 여러 과자들을 눈여겨보다가 늘 먹던 과자를 고른다. 안 먹어 본 과자를 시도했다가 실패할 확률이 있기 때문이다. "너는 또 그 과자를 먹니."라는 어머니의 말씀에도 아랑곳 하지 않는다. 겁이 나니까.

사실, 나는 시도하는 걸 좋아한다. 새로운 동네를 걸어서 구경하는 걸 특히 즐거워한다. 아는 사람이나 가게가 없을지라도 걸으며 그 동네를 눈에 담아가는 과정은 가뿐하고 설렌다. 걸어보고 싶다는 욕구가 낯선 장소에 대한 두려움 보다 앞선다. 하지만 나는 대체로 시도하지 않는다. 이유가 무엇일까.

초등학교 3학년 때였다. 당시 나는 '배려'라는 의미에 대해 작은 오해를 하고 있었다. 소심한 성격 탓에 친구들과 친해질 방법을 고민하다가 문득 한 가지 생각에 사로잡혔다. '친구에게 도움을 주다 보면 자연스레 친해지지 않을까?'하는 단순한 생각이었지만, 이 생각을 의심 없이 받아들였던 지난날들은 온전한 내가 아닌 누군가를 위한 나로 만들어버렸다.

어느덧 성인이 되었다. '누군가를 위해서'라고

받아들였던 나의 배려는, 준 만큼 되받기를 바라는 기대였음을 알게 되었다. 그동안의 내 선택에는 주변 사람들의 기대를 충족시키고 싶다는 마음이 앞섰다. 뒷전이었다, 나는. 선택은 꼬이기 시작했고, 나를 위한 선택이 무엇이냐고 묻는다면 나는 선뜻 대답하기 어렵다.

최근에 비로소 깨달았다. 법에 위배되지만 않는다면 나는 그 무엇도 할 수 있고, 될 수 있다. 그동안 '나'로서 살지 못했던 과거가 후회되지만, 늦은 시기란 없다. 더 늦은 시기만 있을 뿐이니까. 비록 지난날들을 떠올리면 감은 두 눈에서 눈물이 새어 나오지만, 그 순간들이 있었기에 지금의 내가 있다.

중요한 건 간절히 원했던 그 무언가가 되어있는 것이 아니라, 되어가는 과정이었다.

삶은 기나긴 여정이다. 하지만 남들을 살피며 우물쭈물 하기에는 짧은 여정이다. 긴 터널을 빠져 나올 때를 떠올려보자. 가장 먼저 보이는 것은 무엇인가? 새하얀 빛이며, 그 너머엔 무엇이 기다리고 있는지 터널을 빠져나가기 전까지는 알 수 없다. 우리의 삶도 마찬가지이다. 그러니 심려치 말고 스스로를 믿되, 문득 지금의 삶이 내가 원하는 방향인지 헷갈릴 때면 가끔씩, 걸어왔던 길을 천천히 되돌아보며 스스로에게 묻자.

더 이상 인생의 답을 억지로 찾기 위해 스스로를 추궁하지 않을 생각이다. 과거에 대한 집착도, 미래에 대한 막연함으로 몸서리치는 시간은 나에게 도움이 되지 않는다는 걸 깨달았기 때문이다. 나는 단지, 순간을 살아갈 뿐이니까.

● 나로서 존중받을 권리
●
●

"조금 더 내려놓으셨으면 좋겠어요."

자정을 2시간 앞둔 어느 밤, 함께 퇴근하던 동료는 말했다. 더 자연스럽게, 생각이나 감정을 표현했으면 좋겠다는 동료의 말에 나는 공감했다. 착한 사람 병이 있는 나. 누구에게나 친절하고, 양보하며, 헌신적이어야 하는 나는 어느새 지쳐가고 있었다.

"이것 좀 먼저 처리해주세요."

상사가 말했다. 가뜩이나 요 근래에 맡게 된 업무가 많아 정신이 없는데. 불편한 표정 한 번 짓지 못하고 "네."라고 대답한 내가, 지시를 받고 돌아서

기만 하면 믿다. 내가 아니었으면 팀 내의 다른 동료가 해야 될 일이었다며 받아들이는 것도 한두 번이지. 거절하지 않고 군말 없이 일을 수행하니, 번거로운 일이 생길 때마다 집 앞 편의점을 들르듯 나를 찾는 걸까.

일을 시키면서 왜 한 번도 먼저 묻지 않은 걸까. 지금 당장 지시받은 일을 급하게 처리할 수 있는 상황인지 묻거나, 현재 어떤 업무들을 담당하고 있고 누가 했을 때 적합할지 상사로서 먼저 생각해 볼 수도 있다. 표현하기 어려운 나에게 일방적인 지시는 반칙이다. 상사의 입장에서는 아니겠지만.

궂은일의 고유명사가 되면 묘한 기분이 든다. 직장에서 주관하는 큰 행사나, 팀 단위의 사업을 하다 보면 "당연히 수호 씨라면 도와줄 거야."와 같은 기대가 눈빛에서부터 느껴진다. 이런 상황을 피하기 위해 노력도 해봤다. 동료들과의 눈맞춤을 피하고, 말을 섞지 않으면서. 하지만 혼자서만 일할 수 있는 조직이란 없다. 모든 사업은 관계를 통해 진행된다. 결국에는 동료들의 도움이 필요해서 업무적인 부탁을 하지만, 더 많은 부탁들을 이내

받게 된 나는 지박령이라는 별명을 얻게 되었다.

"단호하게 거절할 줄 알아야 돼요. 안 그러면 계속 떠넘기잖아요."

업무에 대해 원활히 대화하기 위해서는 신뢰가 쌓여야 한다. 신뢰가 쌓이면 내 의견을 이야기했을 때 나와 반대되는 의견이 나올지라도 서로의 생각이 다를 수 있음을 이해하고, 조직의 목표를 달성하기 위한 더 좋은 의견을 수용할 수 있다. 비빔밥을 생각해보자. 다양한 야채와 소스, 밥이 한데 어우러져 내는 맛은 뛰어나다. 그런데 재료 중 몇 가지가 빠진다면 어떨까. 고사리, 시금치, 콩나물, 호박과 같은 야채가 빠지거나, 비빔밥의 밑바탕이 되는 밥이나, 맛의 풍미를 더 해주는 간장이나 고추장이 빠진다면 과연 그것을 비빔밥이라고 부를 수 있을까. 부른다고 해도 우리가 익히 알고 있는 비빔밥은 아닐 것이다.

비빔밥의 맛은 조화에 있다. 어느 한 재료가 많이 들어가는 것보다 적절한 비율로 섞였을 때 제맛을 낸다. 직장도 마찬가지이다. 누구 하나 소중하지 않은 사람이 없다. 솔직한 사람, 낯가리는 사람, 쾌활한 사람, 속이 깊은 사람과 같이 서로 다른 우리는 한 곳에 모여 조직을 이룬다. 조직이 원하는 인재상은 있지만 모두가 그 인재상처럼 될 수는 없기 때문에, 서로 다른 우리는 '너'와 '나'라는 구분 아래 조화롭게 지낼 수 있어야 한다.

조직 내에는 유독 주류가 되는 성향의 사람들이 있다. 이는 주로 상급자들에 의해 결정된다. 내가 속한 조직만 해도 그렇다. 상급자들과 비슷한 성향의 사람들은 오래 다니고 있지만, 그렇지 못한 다른 성향의 사람들은 대부분 이곳을 떠났다. 의견이 잘 맞는 사람과 있을 때 대체로 편하다는 느낌을 받기 때문이다. 고심 끝에 어떤 의견을 냈는데, 아무런 공감의 말없이 전혀 다른 의견들이 빗발친다고 상상해보자. 경험이 많고 생각이 확고한 관리자들에게는 썩 유쾌한 상황은 아닐 것이다.

나는 의견을 잘 내지 못한다. 우물쭈물하며 동료들의 눈치를 살피기도 하고, 말을 하고 난 뒤에 반응을 미리 생각해 보기도 한다. 그렇다고 해서 솔직하게 의견을 내는 동료를 거부하지 않는다. 의견 이전에 동료들 개개인이 어떤 사람인지 이해하

211

고 있기 때문이다. 어떠한 환경에서 자랐는지, 평소 중요하게 생각하는 건 무엇인지, 좋을 때와 나쁠 때의 모습이 어떻게 다른지 등, 직장 안과 밖을 오가며 오랜 시간 보고 느꼈던 동료에 대한 기록이 마음속에 있다.

동료들의 말이나 행동으로 가끔 오해할 때도 있지만, 실망하지 않는다. 이내 "그런 의도로 말씀하실 분이 아니지."라고 생각하며 받아들인다. 만약 내가 비빔밥에 들어가는 고사리라면, 더 좋은 맛을 내기 위해 시금치나 콩나물과 같은 다른 야채들이 필요하다. 하지만 야채들만 모여서는 요리가 완성되지 않는다. 밥과 고추장 또한 필요하다. 고사리가 밥이나 고추장 같은 역할을 대신할 수 없기 때문이다. 맛있는 비빔밥이 되기 위해서는 한곳에 모인 다른 재료들을 있는 그대로 받아들일 수 있어야 한다.

성향이 극단적이어서 대화의 여지를 느끼지 못하는 사람들을 제외하고는, 있는 그대의 모습으로 존중하고 싶다. 존중받기 위해 억지로 노력하지 않아도, 사람이라면 누구나 존중받을 자격이 있으니까. 법이나 도덕, 예의를 지키지 않고 타인에게 피해를 주지 않는다면.

그러니까 나도 존중받았으면 좋겠다. 생각이 많아 의견을 잘 이야기하지 못하는 타고난 나의 성향을. 나는 동료들처럼, 동료들은 나처럼 될 수 없다. 진심으로 나의 의견을 듣고 싶다면, 내 입장에서 먼저 생각해보고 강압적이지 않은 말투로 물어보았으면 한다. 그래야만 나는 솔직하게 내 생각을 전달할 수 있기 때문이다. 관리자들과 비슷한, 이기적인 마음들이 여럿이지만 소수로 살아가는 나는 나로서 존중받을 권리가 있다. 적어도 퇴사를 하기 전까지는.

가깝게 지내고 익숙해지면 그 사람에 대한 판단이 흐려질 때가 있다. 나는 이기적인 의견들에 휘둘리며 잠자코 따르는 사람이 아니다. 평생 고사리가 빠진 비빔밥을 먹고 싶지 않다면, 이제 그들이 노력할 차례다. 더 이상 들리지 않는 곳에서 메아리치는 마음으로 들끓으며 살지 않을 테다. 다시 한 번 말하지만, 나는 나로서 존중받을 권리가 있다. 내가 그들을 존중하는 것처럼.

● 감정노동에
● 시달린 그대에게
●

　조직문화는 개인의 중심을 뒤흔든다. 특히 직장은 그 정도가 더하다. 일을 처리하기에도 버거운데 관리자들의 기분도 맞춰야 하고, 후배들의 눈치도 살펴야 하고, 고객들의 감정도 헤아릴 줄 알아야 하니까. 사람을 상대하는 일 중에서 감정노동이 아닌 게 없다. 서로 다른 삶을 살아온 두 사람이 하나의 주제에 대해 이야기를 나누어도 의견 차이가 생기기 마련이니까. 한 조직에 소속된 사람이 조직의 입장에서 고객을 응대할 때 감정노동은 배가 된다. 고객의 권리라는 명목하에 행해지는 다양한 언어적, 비언어적 폭력은 직원에게 고스란히 쏟아진다.

비 오는 날 구멍 뚫린 우산을 써 봐야 소용없듯, 조직은 고객으로부터 직원을 보호하지 못한다. 보호한다 해도 이내 뚫리고 만다. 굵어진 빗줄기에 의해.

오늘, 나에게도 그런 일이 있었다. 조직의 방침에 따라 고객에게 안내했는데, 그는 내 설명을 받아들이지 않았다. 수화기 너머로 언성을 높이며 일방적으로 나를 몰아붙였다. 고객의 상한 감정에는 내 목소리가 끼어들 틈은 없었다. '조직의 방침이에요.'라는 말이 목구멍으로 솟구쳤지만, 꺼낼 수 있는 말은 "죄송합니다."뿐이었다. 우여곡절 끝에 고객과의 대화는 마쳤지만, 마음에는 화라는 감정이 남아 있었다. 감정은 타인에게 전달된다. 화를 낸 고객으로부터 나는 화를 얻었다. 통화 내용을 관리자에게 보고했을 때, 그는 나에게 알아서 해결하라며 선을 그었다. 매뉴얼대로 응대했지만, 조직이 책임지고 나서주지 않는다면 내 화는 누가 알아주는 걸까. 눈물이 고이는 걸 느꼈다. 이렇게까지 살아야 되나 하는 자괴감과 함께.

조직이나 고객이 어디에도 속하지 못하는 직원

의 무력한 입장을 이해해 준다면 얼마나 좋을까. 조직은 고객으로부터 직원을 대변하는 역할을 하고, 고객은 정당한 사유에 대해서는 항의하되 화를 내지 않고 차분히 이야기해 준다면 어땠을까. 만약 내가 실수를 저질러 고객에게 피해를 끼쳤다면 화를 내도 할 말이 없지만, 조직의 방침에 따라 안내한 나에게 고객이 낸 화는 상처로 남게 되었다. 반복되는 고객의 언성을 경험하다 보면 사람들에게 마음을 쉬이 열지 못한다. 괜히 쓸데없는 말을 해서 트집 잡히는 건 아닐까 하고 말을 아끼게 되니까. 점차 사람들과 어울리는 시간이 줄어들고 혼자 걱정하는 시간이 늘어났다. '지난번 민원은 잘 해결된 거겠지?', '나도 모르게 실수한 건 없을까?' 스스로에게 되묻기도 하고, 업무를 하다가 갑작스레 울리는 전화 소리에 '혹시 민원은 아닐까?'하며 떨리는 손으로 수화기를 들기도 한다. 입사하며 세웠던 계획, 이루고 싶었던 목표가 희미해지고 그 자리에는 '오늘도 무사히.'라는 좌우명이 세워졌다.

수습하기 어렵거나 큰 피해를 끼치지 않는 이상, 직원을 일차적으로 보호해야 할 의무는 조직에 있다. 특히 조직의 방침을 전달했다가 고된 시간을 보낸 오늘의 나와 같은 상황이라면. 하지만 조직의 관리자들은 책임을 떠넘기기만 했지, 해결하려는 노력을 보이지 않았다. 마치 기관의 방침을 내 임의대로 세운 것처럼 말이다. 다짐했다. 부당한 상황이 오늘을 포함하여 세 번 반복되면 그만두려고 한다. 장기판 위에 졸 같은 게 평범한 직장인의 삶이지만, 조직과 고객 사이에 끼어 스트레스받아 병들어 죽느니 굶어 죽는 게 낫다고 생각했다. 고객의 부당한 처사에 맞설 수 있는 권리와 조직으로부터 보호받을 권리가 나에게는 있다. 내가 그만둔다면 다른 누군가로 빈자리는 금세 채워지겠지만, 조직은 더 성장하기 어려울 것이다. 관리자들 중에 단 한 명도 직원을 위해 나서지 않는데, 열정을 다해 일할 사람이 과연 있을까.

세 개의 빈칸 중 하나를 까맣게 칠하며 마음을 달래본다. 이대로라면 머지않아 세 개가 모두 까맣게 변하고 나는 그만두겠지만, 괜찮다. 나를 위한 선택이 무엇인지 이제는 알기 때문이다. 어떠한 상황에 처해 있든, 비록 그 상황이 실수로 벌어졌다 할지라도 우리는 모두 소중한 사람이다. 자신에게,

친구에게, 연인에게, 가족에게, 그리고 함께 살아
가고 있는 우리들에게.

● 진실되게, 더 진실되게

감정노동에 가까운 업무를 담당했던 첫 번째 직장에서 유행하던 말이 있다. 동료 중 한 명으로부터 시작된 이 말은 고객을 상대하다가 난감한 상황을 겪었던 직원들 사이에서 주문처럼 따라다녔다.

우리, 일희일비하지 맙시다.

고객 또는 잠재 고객이라는 이름으로 마주하게 된 수많은 사람들은 소비자로서의 권리를 가지고 있다. 잠재 고객에서 무슨 권리가 있느냐 생각할 수 있지만 그들에게는 소비할 수도 있다는, 이를테면 저당 같은 게 있다. 언제, 어디에서, 어떻게 고객이 될지 모르기 때문이다. 일을 하며 감정노동이라 생각되는 상황을 두루 경험했다. 예기치 않게 찾아오는, 운이 없었다고 받아들여야 속 편한, 감정노동의 순간은 마음속으로도, 동료들의 귓가에도 외치게 했다. 일희일비하지 말자는, 극복의 주문을.

일희일비하지 말자고 하며, 그 순간에 느꼈던 감정은 모두 이겨내야 되는 것일까.

요즘 들어 우울한 감정을 자주 느끼고 있다. 부끄럽게도 30여 년을 살아오며, 하나의 뜻을 이루기 위해 죽기 살기로 몰입해 본 적이 없었다. 주어지는 대로, 흘러가는 대로 눈치껏 살아왔기 때문이다. 대학원을 다니며 원하는 직업을 갖는다는 목표에도 나의 하루는 공허하다. 공부를 하다가도, 이력서를 쓰다가도 '이게 최선일까?' 되묻는다. 그럴 때마다 조바심이 나기 시작한다. 안 그러려고 해도, 차분해야 된다고 되뇌어도 중요한 시험을 앞둔 사람처럼 심장이 두근거린다.

괴로운 마음에 좋아하는 책들을 뒤적거렸다. 읽었던 책들이라지만 이전에는 얻지 못했던 지혜를 나누어 주기도 하기 때문이다. 그러던 중에 일기일

회라는 표현을 발견했다. 희미하게 기억하던 의미가 명확해지며 나는 반사적으로 무릎을 쳤다. '이걸 왜 이제 꺼내 보았을까.' 하면서.

일기일회는 평생에 단 한 번뿐인 만남, 또는 그 일이 생애에 단 한 번뿐인 일이라는 걸 뜻한다. 만약 내 앞에 놓인 만남이나 일이 처음이자 마지막이라고 여겼다면 그동안 어떻게 대했을까. 진실되게 행동했을 것 같다. 되돌아보았을 때 후회가 적도록 최선을 다 하면서, 거짓 없는 마음으로 임하는 것이, 그런 자세로 살아가는 것이 그토록 바라던 나의 모습이었으니까.

만약, 첫 번째 직장으로 다시 돌아간다면 마음껏 일희일비하라고 동료들에게 이야기해 주고 싶다. 감정에 솔직하지 못한 게 얼마나 고통스러운 일인지 깨달았기 때문이다. 감정노동을 하게 만드는 사람들을 막아주지 못하는 직장에 헌신해봐야 남는 건 마음의 상처뿐이다. 굶어 죽는 사람이 드문 시대에서 개인의 마음보다 중요한 게 있을까.

기쁠 때는 기쁘다고 느껴야 하고, 슬플 때는 슬프다고 느껴야 한다. 가능하다면 감정을 느끼는 데

서 멈추는 게 아니라 온몸으로 표현할 수 있어야
한다. 그게 어렵다면 스스로를 충분히 돌보아야 한
다. 이미 느낀 감정을 필요에 의해 억누르는 건 나
자신임을 포기하는 것과 다름없다.

　요즘 들어 우울하다고 느끼는 나에게, 우울하라
고 이야기해 주었다. 이미 느낀 감정을 받아들이지
않거나 부정적이라는 이유로 극복하려고 하는 건
외면하는 거나 다름없기 때문이다. 인정받지 못한,
쌓여있던 감정 더미가 어느 순간 삶을 송두리째 뒤
덮어 버릴 수도 있다. 앞으로는 감정을 느낄 때마
다 행간을 읽듯 여유를 가지려고 한다. 단 한 번뿐
인 이 시간을 거짓되게 보내기에는 우리의 인생은
짧으니까.

　이 글을 읽고 책을 덮는 순간부터 진실되게 살아
보는 거예요. 소중한 이 순간은 다시 돌아오지 않으
니까요. 자, 그러면 시작해볼까요?

● '나는 할 수 있다'라는 믿음
●
●

우울이라는 감정과 인연을 이어가고 있다. 최근 몇 달간 나의 일상은 긴장과 불안의 연속이었다. 예상하지 못했던 상황이 생겨 곤란하게 되면 나 스스로를 탓했다. 다르게 살아보기 위해 변화라는 주제를 인생 전면에 내세웠다. '진실된 나 되기'라는 목표를 세우고, 그 목표를 달성하기 매 순간 솔직하기 위해 노력했다. 그러나 사람이나 환경에 압도당하기를 여전히 반복하던 나는 기대에서 벗어난 작은 행동에도 스스로를 자책했다.

혹독하게 다그치며 변화를 종용하는 내 모습은 변화를 시도하기 전과 다르지 않았다. 우울했다. 계획대로만 되지 않는 게, 예외적인 상황이 발생할 수도 있는 게 현실이다. 하지만 나는 공책에 적힌 대로만 행동할 것을 스스로에게 강요했다.

　좋은 방법이 있을까, 불안한 마음을 달래며 고민했다. 이전 같았으면 부정적인 감정에 사로잡혀 목적 없이, 발길이 닿는 대로 무작정 길을 걸었겠지만 현실적인 대안을 찾고 싶었다. 길을 걸으면 상태가 나아지긴 하지만 이는 일시적인 해소일뿐, 해결은 아니기 때문이다. 물론 걸으며 생각이 전환되어 좋은 방법이 떠오를 수도 있지만 합리화하려는 생각 정도로 여겨졌다. 지금, 나에게는.

　심호흡을 하며 지금 여기에 있는 나를 느끼기 위해 집중했다. 마음이 진정되자 내면의 고요함이 찾아왔다. 이때, 나는 한 가지 실마리를 찾게 되었다. 첫 번째 직장에서는 영업 업무를 담당했었다. 고객에게 우리의 상품을 소개하고 판매하는 것이 나의 역할이었다. 당시의 나는 열정을 가지고 많은 시민들에게 상품을 판매하기 위해 노력했었다. 설득과 관련된 책도 여럿 읽고, 밤마다 거울을 보며 자연스럽게 웃는 표정을 연구했다. 하지만 구매할 마음이 전혀 없는 시민들에게는 상품이 판매될 가능성은 희박했다. 이런 경우는 내가 잘못 설명한 것도 아니고, 시민들의 잘못된 결정도 아니었다.

영업 업무에서 낮은 실적은 곧 개인의 책임으로 연결된다. 상품이 판매되지 않은 데에는 여러 이유들이 있었지만, 그 이유들을 분석하다가 결론에 다다르면 나 스스로를 탓했다. 물론 '나 이외에 무엇이 문제였을까?' 고민해보고 이래저래 적용해보며 변화를 시도할 때도 있었다. 그러나 성과가 뚜렷하게 보이다가도 한 번 삐끗하는 날이 생기면 나를 심하게 꾸짖었다.

팀의 존폐가 달린 중요한 날이 찾아왔었다. 그때 회사에는 영업을 담당하는 팀이 두 개가 있었는데, 특히 낮은 실적이 이어지고 있던 우리 팀을 부장님이 회의실로 호출했다. 그 자리에서 그는 급여를 받는 이유를 입증하라는 듯한, 강한 말을 내뱉었다. 부장님이 회의실을 나가고 우리는 머리를 맞대며 고민했다. 어떻게 해야 이 난관을 극복할 수 있을까. 당장의 영업 전략을 바꿀 수도 없는 입장이었다. 이전보다 높은 실적을 그 날 바로 올려야 했기 때문이다.

모두가 의기소침한 표정을 짓고 있을 때 "만약 오늘 제가 성과를 내지 못하면 그만둘게요."라고 웃으며, 평소답지 않게 자신감 넘치는 모습으로 나는 말했다. 내 이야기를 시작으로 함께 앉아있던 동료들은 높은 실적을 내기 위한 그 날의 각오를 이야기했다. 꽃샘추위로 인해 쌀쌀함이 느껴지는 여느 봄날, 회의실 안에서 우리 모두는 열의를 불태웠다. 화이팅- 하며, 포개져 있던 손을 하늘 위로 힘껏 올렸다.

현장으로 이동할 때에도 평소와는 느낌이 달랐다. 어디서 기인된 것일까. 오직 목표만 생각했다. 목표 달성에 저해되는 생각이나 감정들은 애초에 떠오르지 않았다. 이전의 실패 경험들은 사라지고, 오직 성공에 이르는 방법만 생각했다. 현장에 도착한 우리는 끊임없이 상품을 홍보했다. 그중에는 구매를 하는 사람들도 있었고, 거절하는 사람들도 있었다. 평소라면 거절하는 사람들의 사소한 반응에도 신경을 많이 썼을 '나'이지만, 이날은 달랐다. 돌이켜보면 그때의 나는 평소에는 하지 않았던 행동 한 가지를 하고 있었다. '나는 할 수 있다.'라는 말을 스스로에게 끊임없이 되뇌고 있었다.

2016년 브라질 리우 올림픽에서 펜싱 에페 종목 국가대표였던 박상영 선수가 결승전에서 '할 수 있다.'라고 말하던 장면이 방송에 나왔었다. 2라운드를 마쳤던 박상영 선수는 9대 13으로 지고 있었다. 3분씩 3라운드 동안 진행되는 펜싱 개인전 경기에서는 먼저 15점을 내거나, 9분 동안 누가 더 많은 득점을 올렸는지가 승패를 결정하기 때문에 절체절명의 순간이었다.

역전하는 게 힘들 거라고 나는 생각했다. 올림픽 결승이라는 무대에서 4점이나 벌어진 점수 차를 극복한다는 게 기적처럼 느껴졌기 때문이다. 그러나 3라운드를 앞두고 가진 휴식시간 때 카메라에 잡힌 박상영 선수는 패색이 짙은 모습이 아니었다. 그는 집중한 표정으로 '할 수 있다.'라는 말을 되뇌었다. 3라운드 경기가 이어졌고, 10대 14까지 간 승부에서 내리 5점을 딴 박상영 선수는 금메달을 목에 걸었다.

스스로에 대한 믿음은 변화로 이어지곤 한다. 긴장되는 순간을 환희로 뒤바꾼 박상영 선수처럼 말이다. 퇴사를 각오하고 현장에 나갔던 날, 나와 동료들은 최고 실적을 기록했다. 영업 업무는 성향과 맞지 않아서 성취감을 느끼지 못했었는데, 새벽까지 설레는 마음으로 잠을 설쳤던 기억이 난다. 그 날 이후로 '나는 할 수 있다.'라는 말을 나뿐만 아니라 힘들어하는 동료들에게도 자주 해 주었는데, 퇴사를 하는 동시에 까맣게 잊고 지냈다.

오늘 '나는 할 수 있다.'라는 말로서 스스로에게 믿음을 주었다. 아무리 구체적인 목표를 세웠고 세부 계획이 있다 하더라도 이전 모습으로 되돌아갈 수도 있다. 이전보다 더한 모습을 보일 수도 있다. 상황에 따라 유연하게 대처하지 않으면 결국 스스로에게 높은 기대라는 굴레를 다시 씌우는 것밖에 되지 않는다.

방황하는 내 모습에 아무런 조건도 걸지 않고 받아들이기로 했다. 목표를 이루어가는 하나의 과정이니까. 언제나 잘할 수만은 없다. 비현실적인 높은 기대를 낮추며, 나를 더 소중하게 여기기로 했다.

박상영 선수가 따낸 금메달은 '나는 할 수 있다.'라는 나직한 외침 때문만이 아니다. 대회전에는 큰 부상 때문에 긴 시간 재활에 전념했다고 한다. 그 외에도 우리가 모르는 숱한 과정들을 겪었을 것이다. 한 나라의 대표로서 올림픽이라는 무대에 서는 것 자체가 굵은 땀방울의 증거이다. 다만, 포기할 수도 있었던 결정적인 순간에 승부를 뒤집은 건 스스로에 대한 믿음이었다. 노력이라는 밑바탕에 믿음이 더해지면서 그는 역전이라는, 금메달이라는 짜릿한 쾌거를 이룰 수 있었다.

할 수 있다. 할 수 있다. 할 수 있다. 한 가지씩 천천히, 엇나가더라도 다시 제자리로 돌아오며 노력하자. 온화한 미소를 짓고, 따스한 마음을 품으며, 스스로에게 믿음을 주자. 절체절명의 순간이 찾아오더라도 기꺼이 감내하며 즐겁게 살아가는 우리가 있을 테니까.

　　도움을 요청하는 걸 어려워하는 사람이 있다. 부탁하면 더 쉽고 효율적으로 해결할 수 있음에도 불구하고 기어코 혼자 해내려는 사람이 있다. 미련하다는 이야기를 들으면서도 기꺼이 야근을 자처하던 사람, 내가 있다.

　　나와 같은 부류의 사람들이 입버릇처럼 하는 말이 있다. "다른 사람에게 폐를 끼치고 싶지 않다."는 것이다. 민폐 여부는 상대방이 결정하는 것이지만, "도와줄 수 있어?"라고 묻기도 전에 주저하고 망설인다.

　　다른 사람들이 도움을 요청할 때에는 호의적이

면서도, 도움을 요청해야 할 상황이 되면 부담을 주는 건 아닐까 생각했다. 때로는 나처럼 마지못해 수락하는 건 아닐까 걱정도 되고, 거절 받았을 때 '존재' 자체를 거부당하는 느낌이 들어 두려웠다.

감정을 느껴보고, 표현해 봄으로써 '나'라는 존재가 점차 뚜렷해지는 반면에 부탁은 여전히 어렵게 다가온다. 이미 부탁하기로 결정한 이후에도, 꼭 부탁해야만 되는 것인지 고민만 하다가 결국에는 혼자 시도한다. 살아가다 보면 주변 사람들에게 도움을 요청해야만 하는 상황 앞에 자주 놓이게 된다. 누군가의 도움이 반드시 필요한 일에도 혼자 시도하다 보면 결국에는 한계의 벽에 부딪치고 만다.

김인수, Peter Szabo가 쓴 〈해결중심 단기코칭〉이라는 책에서는 예외 질문이란 개념을 설명하면서 자신이 처한 어려움에서 벗어날 수 있는 방법을 제시한다. 예외란 문제가 일어날 수 있었는데도 불구하고 문제가 일어나지 않는 때를 말한다. 모든 문제에는 예외가 존재한다. 문제가 언제, 왜, 어디서, 누구에게, 그리고 어떻게 일어났는지에 주목하는 대신에, 어떻게 일어났는지에 주목하기 시작할 때 변화는 빠르게 일어난다.

나의 상황에 적용해보면 "도움을 요청하는 데 성공했던 예외적인 상황은 언제였나요?"라고 물을 수 있다. 혹은 "지금과는 다르게 이전에 성공했던 경험은 무엇인가요?"라고 물으며, 비록 다른 유형의 성공이더라도 그 과정을 탐색함으로써 현재 상황에 대한 가능성을 느낄 수 있도록 돕는다. 작은 상자를 한 개 옮겨달라는 미미한 경험일지라도 지금까지와는 다른, 성공이라고 느꼈던 경험을 떠올림으로써 '할 수 있다.'라는 믿음이 마음속에 싹트게 된다.

나에게 있어 최근에 겪은 성공 경험은 무엇일까? 이전과는 달리 기어코 해냈던 예외 상황은 언제였을까?

나에게는 생각만 해도 가슴을 뜨겁게 만드는 경험이 있다. 1년 전이었다. 일본 오사카·교토로 여행을 다녀왔는데 목도리와 기념품을 교토의 한 식당에 두고 온 적이 있었다. 이 사실을 다음날 아침 공항으로 가던 버스에서 알아차렸고, 비행기 시간 때문에 다시 식당에 들를 여유는 없었다. 자책했다. 손에 들고 있던 짐을 칠칠치 못하게 식당에 두고 왔다며 온갖 비난을 스스로에게 쏟아 부었다. 분명, 평소 같았으면 자책하며 포기하고 말았을 것이다. 어떻게 하면 문제를 해결할 수 있을지 생각하지 않고 '나는 실패 했어.'라는 말을 되뇌며 자존감을 갉아먹어 왔기 때문이다.

그런데 이 날은 포기하고 싶지 않았다. 간사이 공항에서 인천행 비행기를 기다리며 식당 연락처를 찾아 전화했다. 어설픈 영어를 구사하며 식당에 영어 가능자가 있는지 확인했다. 다행히 영어가 가능한 직원이 한 명 있었고, 나는 전화였음에도 불구하고 다양한 손짓을 써가며 대화를 이어갔다.

"제가 어제저녁에 기념품과 목도리를 두고 갔는데 혹시 있나요?"

"네. 여기에 있어요."

"혹시, 택배로 한국에 보내주실 수 있나요? 돈은 먼저 보낼게요."

"우리는 당신을 위해 비용을 지불하고 싶지 않아요."

옆에 있던 일행이 국제 택배에 대한 정보를 찾아내어 식당 직원에게 말해보았다. 부탁과 거절로 이어지던 대화는 "생각해보고 다시 전화할게요." 라는 직원의 말을 마지막으로 끝이 났다. 사실 택배로 보내줄 수 있는지 묻는 게 얼마나 무리한 요청인지 알고 있었다. 돈을 먼저 입금한다는 전제가 붙는다고 해도 말이다. 다만, 요청의 사안을 따지기 전에 찾고 싶다는 마음이 컸다. 상황이 여기까지 흐르자 되찾을 수 없다는 생각이 커지기 시작했다. 나 스스로를 자책하고 비난하는 시간은 다시 시작되었다. 인천공항으로 가는 비행기에 탔다. 일행은 포기한 듯 잠을 청했지만, 이대로 잊어버리기에는 억울했다. 할 수 있는 모두 방법을 시도해보고, 그럼에도 찾지 못했을 때에만 받아들일 수 있을 것 같았다.

한국으로 오는 1시간 정도의 시간 동안 시도할 수 있는 방법들을 메모장에 정리했다. 두 가지가 있었다. 첫 번째는 하루 묵었던 근처 호텔에 부탁해보는 것이었다. 영어 사전을 켜고, 하고 싶은 말들을 번역해가며 비행기에서의 시간을 보냈다. 비행기가 인천 공항에 도착하고 수하물을 찾자마자 호텔에 전화를 걸었다. 영어로 열심히 설명하던 나에게 전화를 받은 직원은 "한국분이세요?"라고 되물었다. 한결 편안하게 내가 처한 상황을 알렸다. 돈을 미리 입금할 테니 혹시 호텔에서 내 짐을 대신 보내줄 수 있는지, 혹은 짐을 찾을 수 있는 다른 방법이 있을지 물었다. 어렵다고 대답했다. 호텔에 투숙객이 짐을 두고 가도 보내주지 않는다고도 설명했다. 당연한 이야기였다. 하물며 나는 투숙객이었지만 호텔이 아니라 인근 식당에 두고 왔으니 더 이상 할 말이 없었다. 다만, 만약 호텔에 짐을 두고 가면 장기간 맡아 주기는 한다고 했다. 짐을 두고 갔던 당사자가 다시 여행을 오거나, 여행을 간 지인에게 부탁해서 찾아가는 경우도 있다고 알려주었다.

두 번째 방법은 일본으로 유학을 갔다 온 지인에게 방법을 물어보는 것이었다. 집으로 돌아가는 공항 리무진에서 전화를 걸어 상황을 설명하자, 지인은 일본으로 유학을 떠난 학생에게 부탁해서 되찾는 방법이 있다고 했다. 포기하려고 했었다. 일본에 유학을 갔거나, 일본 여행을 계획하고 있거나, 일본에 거주하는 지인은 아무리 생각해봐도 없었기 때문이다. 하물며 교토에 있는 식당에 들러서 찾아야 되기 때문에 민폐이기도 했다. 그러다가 문득 일본 여행 정보를 얻기 위해 가입했던 카페가 떠올랐다. 혹시나 하는 생각에 들어가 보니 여행에서 두고 왔던 짐을 그 지역으로 여행 가는 사람이 되찾아주는 게시판이 있었다. 어디서 무엇을 잃어버렸는지 글을 올리면 대신 찾아주고 사례를 하는 방식이었다.

내가 처한 상황을 카페에 올렸더니, 몇 시간 뒤에 댓글이 달렸다. 인근에서 거주하고 있는데 되찾아주겠다는 내용이었다. 반신반의하는 마음으로 댓글에 남겨져 있던 아이디로 메시지를 보냈다. 그는 교토 인근에 거주하고 있으며 조만간 어머니를 뵙기 위해 한국으로 귀국할 거라고 했다. 급한 물건이면 국제소포도 가능하고, 급하지 않으면 국내로 들어와서 보내준다고 했다. 급하게 받아야만 하는 물건은 아니었기 때문에 나는 국내에 들어와서 보내달라고 요청하며 소정의 사례금을 드리겠다고 약속했다.

동시에 일본으로 유학을 다녀온 지인에게 전화

하여 며칠 내로 한 남성이 내 이름을 대며 짐을 찾아간다는 내용을 식당에 설명해 달라고 부탁했다. 몇 분 뒤에 지인은 식당에서 알겠다고 대답한 내용을 알려주었다. 그렇게, 12월 중순에 떠났던 여행에서 잃어버린 기념품과 목도리는 2개월이 지난 2월 15일에 내 품으로 다시 돌아왔다.

되찾는 과정에서 기념품과 목도리를 두고 온 식당이나 묵었던 호텔에 무리한 부탁을 했다. 지인에게 먼저 연락하여 찾을 수 있는 방법을 묻고, 식당에 찾으러 갈 거라는 내용을 일본어로 대신 설명해 달라고 부탁했다. 네이버 카페에서 대신 수령해줄 수 있는 사람을 찾아 부탁했다. 평소 같았으면 분명 부탁하거나 도와달라는 이야기를 먼저 꺼내지 않았을 것이다.

그러나 이번에는 발 벗고 나서서 사람들에게 도와달라고 요청했다. 사람들이 내 요청을 어떻게 받아들일까 생각하는 일보다 되찾고 싶은 마음이 컸기 때문이다. 또한, 짐을 찾는 과정에서 만난 사람들은 내 상황과 사정을 듣고 이해해 주었다. 사람들에게 도움을 요청하면 싫어하거나 존재 자체가 부정당할 것이라는, 그릇된 믿음이 깨지는 순간이었다.

만약, 짐을 찾지 못했더라도 아쉽기는 하겠지만 미련은 없었을 것 같다. 할 수 있는 노력은 충분히 기울였으니까. 짐을 두고 온 나를 자책하거나 비난하지도 않았을 것 같다. 일부러 두고 온 것이 아니었으며, 우연히 일어난 실수일 뿐이었으니까. 되찾기 위해 사람들에게 도움을 청하며, 생각나는 방법들을 한 가지씩 적용해 본 것이 나에게는 커다란 성공경험이었다. 이 경험을 통해 나는 사람들에게 도움을 요청할 수 있다는 자신감이 생겼다. 내가 다른 사람들의 요청을 들어주고 경우에 따라서는 거절하듯 상대방 또한 상황에 따라 나의 도움 요청에 응답하는 것이 당연하니까.

어렵다고 느껴지는 상황에서 예외적으로 성공했던 경험을 떠올리면 의욕이 샘솟는다. 직면한 문제로 현재 어려움을 겪고 있다면 예외상황이나, 이전에 해냈었던 다른 경험들을 떠올려보자. 그때의 상황이 실패했던 지금과 어떻게 다른지 면밀히 살펴보면 성공한 데에는 그 나름대로의 이유가 있다는 사실을 발견할 수 있다.

　자신감을 갖자. 오늘부터 우리는 다시 시작할 수 있다. 살아가다가 어떠한 난관에 부딪치더라도 좌절하지 말자. 실패자라고 스스로를 비난하지도 말자. 우리는 인생에서 숱한 성공경험을 했다. 단지 대수롭지 않게 여기며 그냥 지나쳤을 뿐이다. 아주 작고 미미한 성취의 경험일지라도, 실패라고 여기는 지금과 다르게 행동했다는 거에 의미가 있다. 지속적으로 그 경험들을 되뇌며 한 가지씩 다시 도전해보자. 할 수 있다. 아니, 이미 해낸 경험이 있다. 해내었다. 결국 해낼 것이다.

● 마음에 귀 기울이며
●
●

세 번째 직장에서였다. 출근을 할 때 심장이 터질 것처럼 빠르게 뛰던 날들이 있었다. 그 이유가 오래 걸어서인지, 많은 사람들 틈에서 대중교통을 이용해서인지, 해야 될 업무들이 생각나서인지, 불편한 상사나 동료를 만나야 되어서인지 명확하지 않았다.

회사 앞으로 가는 버스를 타러 가는 길에서 유독 심했다. 호흡이 가빠와 제 자리에 서서 숨을 골라야 했던 적도 있었다. 당시에는 '그런가 보다.'하며 대수롭지 않게 여겼다. '언젠가 나아지겠지.' 하며 출근을 계속했다.

네 번째 직장에 출근하기 시작하면서부터 깨닫게 되었다. 마음이 나에게 보내는 신호였다는 것을. 외부의 위험을 인지한 몸이 보내는 불안하고, 두렵고, 피하고 싶다는 신호를 무시한 채 출근을 이어갔다. 3년이었다. 세 번째 직장에서 근무한 기간은. 1년 차에 이 신호를 처음 경험하고, 2년을 더 근무했다.

만약, 그때로 다시 돌아간다면 나는 어떻게 행동할까. 지하철에서 내려 회사 앞으로 가는 버스를 타러 가는 길에 심장이 빠르게 뛰며 호흡이 가빠온다면, 나는 단 하루만이라도 어디론가 훌쩍 떠나버릴 것이다.

새소리가 가득 퍼지는 울창한 숲길을 걷기도 하고, 벤치에 앉아 잔잔하게 물결치는 강물을 바라보기도 하고, 집으로 돌아가 좋아하는 음악을 틀어놓고 흘러가는 시간에 머무르고 싶다. 또한, 묻고 싶다. 무엇이 그렇게 불안했고, 두려웠고, 피하고 싶었는지.

인생은 마음과 동행하는 긴 여정이다. 나의 여정에서 마음은 줄곧 뒷전이었다. 이제는 알고 있다. 마음보다 앞서는 삶은 언젠가 뒷걸음치게 되는, 내가 아닌 다른 누군가를 위한 여행이라는 걸. 마음에게 묻고, 헤아리고, 인정하고, 나아가야 진실된 여행이 시작된다는 걸 비로소 깨달았다.

나를 찾아가는 '몰입'

세 번의 퇴사 끝에 대학원에 입학하고, 학비를 벌기 위해 대학교 조교일을 시작하게 되었다. 이 직업에 적응하기까지 많은 일들이 있었다. 잘못된 정보를 안내하여 거듭 사과하기도 하고, 인수인계 받은 내용에 없던 문의를 받아 쩔쩔매기도 하고, 끊이지 않고 걸려오는 전화 때문에 업무 시간보다 일찍 출근하여 행정 업무를 처리하기도 했다. 으레 그렇듯 새로운 업무에 적응하기 위해서는 시간이 필요하다. 그 시간은 사람에 따라 다르며, 나는 다른 사람들에 비해 긴 시간을 필요로 하는 편이다.

불안하기 때문이다. 상담 공부를 하면서 알게 되었다. 실수를 저지를 것 같다는 생각이 불안을 일으킨다는 사실을. 돌이켜보면, 현실에서는 내가 불안하다고 느꼈던 일들은 대부분 일어나지 않았다. 다만, 짐작했을 뿐이다. 이러한 나를 이해하고 있으면서도 익숙하지 않은 일을 하며 새로운 직장에 적응하다 보니 불안은 자주 떠오르기 시작했다.

"어떻게 하면 부정적인 감정에서 벗어날 수 있을까요?"

점심을 먹으며 함께 일하는 동료에게 물었다. 큰 기대는 하지 않았었다. 그저 위로의 말이라도 듣고 싶은 마음이었다.

"선생님께서 평소에 해 보고 싶었던 게 있나요? 취미 같은 거요."

동료는 말했다. 나는 솔직하게 대답해도 되냐고 물은 후에 대답했다.

"기간을 정해두지 않고 이곳저곳을 여행하고 싶어요. 마음에 드는 곳을 발견하면 정착하기도 하면서요."

내 대답을 들은 동료는 "그것은 현재 하기 어려우니 지금 할 수 있는 것 중에서요."라며 말을 이어 갔다.

우울증을 겪은 경험이 있다고 동료는 말했다. 자녀가 고등학생이 된 이후에 가정과 양육에 충실했던 스스로를 되돌아보았고, 공허함을 크게 느끼며 병원에서 우울증 진단을 받았다고 한다. '무엇을 위해 살고 있었나?'하는 의문이 일상을 가득 채웠다고도 했다. 인터넷 DJ 활동을 하며 우울증을 극복할 수 있었다고 한다. 인터넷으로 사람들이 노래를 신청하면 보유하고 있던 6,000곡 중에서 찾아 틀어 주었다고 했다. 요즘 유행하는 인터넷 음악 방송 같은 느낌은 아니었다. 단지 음악만 들려 주었다고 설명했다. 동료는 그 관계에서 위로를 받았다고 한다. 어떠한 말도 주고받지 않는 DJ와 관객이었지만, 서로에게 필요한 걸 나누어 주었다는 생각이 들었다. 동료는 관객에게 위로를 건네고, 관객으로부터 지지를 받았을 것이다. '당신은 충분히 가치 있는 사람입니다.' 하는 전적인 지지를 말이다.

그 이후로도 포기하고 싶은 수많은 상황들을 겪었을 거다. 인생은 바다 위에 돛단배 같으니까. 우울증을 겪은 날부터 10년이 지난 오늘, 그가 내 동료로서 새로운 도전을 시작할 수 있었던 데에는 그럼에도 불구하고 거듭 시도했던 용기 덕분이라고 생각한다. 물론, 첫 시작은 음악을 청취하던 관객들의 말 없는 관심과 애정 덕분이기도 하지만.

"몰입할 수 있는 한 가지 활동을 찾아보세요."

"꼭 찾아볼게요."라는 나의 대답을 끝으로 우리는 각 자의 자리로 돌아갔다. 어떤 활동이 나를 몰입하게 만들까. 오래 고민하지 않았다. 지금도 나는 몰입하는 활동을 하고 있다. 바로, 글쓰기이다.

글을 쓸 때면 현실의 제약에서 벗어나 마음껏 소리칠 수 있다. 그 제약은 대부분 스스로 세운 것이지만, 이마저도 글을 쓰면서 알게 되었다. 나는 글이고, 글은 또한 '나'이다. 글을 쓰는 시간만큼은 어느 곳에서보다 진솔하다고 자부할 수 있다.

한때는 글과 현실의 차이 때문에 괴로워했다. 글에서의 나는 자유롭지만, 현실에서의 나는 결핍되어 있었으니까. 글의 힘으로 나는 점차 나아가고 있다. 닮아가고 있다. 글 속에서의 모습이 점차 일상에서 드러나고 있기 때문이다.

생각이나 감정을 표현하는 데 주저함이 줄어들며, 글을 쓸 때 느끼던 편안함을 현실에서도 이따금씩 느끼고 있다. 자유로워지고 있다. 마음에서 느껴지는 '할 수 있다.'라는 충만한 기운을 따라 나아가고 싶다. 그게 어디든 내가 가고 싶어 하는 곳이라면 기꺼이.

어떤 마음가짐으로 살아가든 결국 시간은 흐른다. 더 머물고 싶었던 순간도, 서둘러 지나가버렸으면 하던 순간도 후회가 깃든 추억으로 남는다. 내일의 내가 더 후회할 오늘을 살아갈 바에는, 덜 후회할 오늘을 살아가고 싶다는 생각이 들었다. 마음은 덜 후회할 수 있는 방법을 이미 알고 있다. 선택의 기로에 설 때마다 나에게 일러주었으니까. 다만, 내가 마음을 억누르며 따르지 않았을 뿐이에요.

몰입할 수 있는 활동을 통해 '나'를 느끼고, 그 느낌들을 쫓아 나아가며 '나'로서 살아가자.

앞으로 살아가는 시간들은 매 분, 매 초가 신기록이다. 진실되게 행동하면서 종전의 기록들을 돌파해 나가고 싶다. 거절하는 게 어려웠던 내가 기어코 거절의 의사를 내비쳐 보고, 제안하는 게 어려웠던 내가 기어코 의견을 말해보고, 솔직한 감정을 털어놓는 게 어려웠던 내가 기어코 속마음을 털어놓음으로써 스스로에게 떳떳한 사람이 되고자한다.

● '착하다'는 단어의 무게
●
●

"착하셔서 부모님께서 좋아하시겠어요."

늦깎이 직장인이 된 동료가 말했다. 칭찬하려는 의도가 틀림없었다. 좋은 말이었으니까. 하지만 '착하다'라는 단어가 가진 의미를 생각해보면, 가볍게 듣고 넘어가기가 어렵다.

단어의 한정적인 의미가 한 사람의 삶을 규정해버릴 때도 있다.

언어를 통해 우리는 생각을 전달하고 그 언어에 담긴 의미를 해석한다. 언어가 짧아질수록 단어가 주는 의미는 자연스레 커진다. 때로는 단어 하나가 그 사람의 생각을 대변하기도 한다.

언어가 주는 의미는 결코 가볍지 않다. 특히 나에게는 더 그렇다.

'착하다'는 언행이나 마음씨가 곱고 바르며 상냥함을 뜻한다. 동료가 나에게 '착하다'라고 말함으로써 나는 '언행이나 마음씨가 곱고 바르며 상냥한 사람'이거나, 그러한 사람이 되도록 노력해야 한다.

'착하다'는 말은 어렸을 때부터 나를 따라다녔다. 부모님께서는 착한 행동을 할 때면 칭찬해주셨다. 당시에 내가 이해했던 '착한'은 내 의견을 내세우지 않고 부모님께서 시키는 대로 행동하는 걸 뜻한다. 초등학교 시절에는 담임선생님께서 반 친구들 앞에서 '착하다'며 자주 칭찬해주셨다. 여기에서 '착하다'는 선생님이나 친구들이 나에게 실망하여 떠나갈까 봐 주번이나 청소당번처럼 반에서의 일을 내 일처럼 해결한 것을 뜻한다.

"네."라고 대답하며 침묵하는 것이, 노력하는 것이 나에게는 '착함'이었다.

누군가의 기대에 부흥하기 위해 노력하는 게 나

에게는 '착하다.'였다. 살아가며 점차 나를 상징하는 단어가 되었다. 착해야만 나는 사람들에게 인정받을 수 있고, 착하지 못한 행동을 하면 비판받거나 외면 받는 게 당연하다고 생각했다.

아니었다. 어떠한 단어도 나를 규정지을 수 없다. 그 뜻으로만 나라는 사람을 판단할 수 없다. '착하다.'는 단어보다 나는 드높고, 광대하다. 나는 이따금씩 착하지만, 나쁘기도 하다. 심지어 이기적이기까지 하다. 주변 사람들을 배제한 채 나만을 위한 선택을 내리기도 한다. 누군가의 마음에 상처를 주기도 한다. 말실수를 하여 사과의 표현을 건네기도 한다.

나는 착한 사람이 아니다. 사람들에게 다만 애정이나 관심을 받기 위해 '착하다.'와 유사한 행동을 했을 뿐이다. '착하다.'의 의미가 결코 나를 착한 사람이라며 못 박을 수 없다. 나는 그저 '나'일 뿐이다.

"선생님은 일도 꼼꼼하게 잘하시고, 실수도 안하시고, 완벽하시잖아요."

하루에도 몇 번씩 당황한 얼굴로 업무를 물어보던 동료에게 말했다. 나의 짓궂은 장난에 동료는 환하게 웃으며 "아이고-"라고 대답했다. 미안한 마음이 전해졌다. '착하다.'라는 말로만 나를 규정할 수는 없으니까.

● 급할 때 맞이했던
● 찰나의 여유
●

　출근할 때마다 2호선을 이용하고 있다. 홍제역이라는, 3호선 인근에 거주하고 있으므로 2호선으로 갈아타기 위해 환승구간을 걸어야 한다. 어제였다. 기어코 늦잠을 자고 말았다. 세안과 양치를 하고, 보이는 옷을 대충 입고 집 밖으로 서둘러 나왔다. 이동시간을 줄이기 위한 본격적인 사투가 시작되었다. 집에서 지하철역까지 빠른 걸음으로 걷고, 환승하러 가는 길과 가까운 탑승구에 줄을 서고, 실례를 무릅쓰고 만원 열차에 몸을 밀어 넣었다.

　열차를 가득 채운 사람들로 인해 덜컹일 때마다 몸이 부대꼈다. 예민해진 나는 '이렇게까지 출근해야 되나.'하는 생각에 덜컥 짜증이 났다. 2호선으로 환승하러 가는 길이었다. 3호선에서 2호선을 타러 가는 사람보다, 2호선에서 3호선을 타러 가는 사람들이 유독 많았다. 자연스레 3호선을 타러 가는 사람들이 통로의 대부분을 차지했다. 마주 오는 사람은 많고, 최근 진행하고 있는 공사 때문에 2호선을 타러 가는 사람들은 한 줄로 이동할 수밖에 없었다.

이동하는 도중에 열차가 도착하지는 않을까 싶어 서두르려고 했다. 하지만 그럴 수 없었다. 앞질러 갈 수 있는 공간이 없었기 때문이다. 앞선 사람은 천천히 걸어갔고, 반대편에서 걸어오는 사람들을 어깨로 밀치고 지나갈 수는 없으니까. 까치발을 들고 이러지도 저러지도 못하고 있을 때, 더 앞선 사람들이 눈에 보였다. 바로 앞에 있던 사람과 거리는 조금 떨어져 있었지만, 걷는 속도는 비슷했다. 그 모습을 보며 나는 깨달았다. 급한 마음을 가지고 있거나, 드러내고 있는 건 나뿐이라는 것을.

2호선 환승통로는 출근을 하기 위해 반드시 지나가야 되는 통로이다. 잠에서 깨어나자마자 나는 지각을 하지 않기 위한 노력을 반복했다. 대충 씻고, 뛰다시피 걷고, 최단거리를 계산하며 열차를 탔다. 그러나 이 통로는 시간 단축을 위한 나의 노력이 적용될 수 없는 곳이었다. 길은 좁고, 내 앞으로는 수십 명의 사람들이 느긋하게 걷고 있었기 때문이다.

호흡을 가다듬었다. 걸음 속도를 앞사람과 맞추었다. 그러자, 마음이 평온해지는 걸 느꼈다. 주변 사람들과 환경, 그들의 표정이 비로소 내 눈에 들어오기 시작했다. 시간은 계속 흐르고 있었다. 그 사이에 열차가 도착할 수도 있다는 사실 또한 변하지 않았다. 그럼에도 불구하고 2분 남짓한 시간 동안 깊게 호흡하고 걸으며 만끽한 여유가 기쁘게 다가왔다. 지각한다고 해도 이 기쁨을 조금 더 누릴 수 있다면 괜찮을 것 같다는 생각도 들었다.

급하다면 빠르게 걸어가는 게 맞다. 할 수 있는 모든 노력을 기울여 신속하게 해결해야 한다. 하지만 우리의 노력이 닿지 않는, 시간이 해결해주는 상황도 있다. 2호선으로 환승하기 위해 걸어가던 구간처럼. 그럴 때면, 잠시라도 여유를 가져보는 건 어떨까. 물론, 우리 스스로를 위해서.

- 가면 또한
- 우리 마음의 일부이지만
-

"괜찮으세요?"

하루에도 몇 번씩 불만을 토로하는 학생의 전화가 걸려온다. 오늘도 어김없이 전화는 걸려왔고, 한 학생의 높은 언성을 한 시간 가량 견뎌야 했다.

직접 안내한 내용은 아니더라도, 단지 해당 업무를 담당하고 있다는 이유만으로 나는 모진 말들을 듣게 된다.

제대로 설명해주지 않아 성적을 나쁘게 받았다든가, 공지를 안내받지 못해 학업에 차질이 생겼다든가 하는 학생들의 성난 목소리를 듣다 보면 나도 모르게 몸이 굳고 땀이 새어 나온다.

전화를 끊고 나면 이따금씩 옆자리 동료가 찬물을 떠다 준다. "냉수 마시고 속 좀 달래세요."라는 말과 함께. 그럴 때면 나를 기분 나쁘게 만든 학생에 대한 안 좋은 말들을 실컷 쏟아내고 싶어진다. 동조해주는 사람에게 말로 표현하면 감정이 어느 정도 해소되기 때문이다. 하지만, 이마저도 동료에게 부정적인 영향을 주는 건 아닐까 하며 주저하게 된다.

"네, 괜찮아요."

학생이 일방적으로 불만을 쏟아낸 탓에 한 마디 변명조차 하지 못했지만 끝내 감정을 삼킨다. 동료에게 웃는 표정을 지어 보인다. 그리고 흔들리는 눈에 힘을 주며 괜찮다는 말을 건넨다.

우리는 살아가며 가면을 만든다. 또한 시의적절하게 꺼내어 쓴다. 처음 만나는 사람에게는 '편안해요.' 가면을, 알아가는 사람에게는 '가까워요.' 가면을, 익숙한 사람에게는 '즐거워요.' 가면을 사용하기도 한다.

마음과 반대되는 표정을 짓고 싶을 때, 우리는

가면을 떠올린다. 만들어지는 가면은 사람에 따라 천차만별이다. 타고난 성향과 자라온 환경이 모두 다르기 때문이다. 이러한 토대를 바탕으로 살아가며 겪는 경험들은 우리로 하여금 가면을 써야 될 순간을 알려준다.

울고 싶을 때, 울음을 그치라는 일침이 우리의 눈물을 멎게 만든다. 웃고 싶을 때, 내 웃음에 동조하지 않을 수도 있다는 두려움이 얼굴을 굳게 만든다. 반복되는 경험들은 우리가 어떤 가면을 만들고 써야 살아가는 데 유리한지 조언한다.

가면이 필요할 경우는 많다. 마음으로 떠오르는 감정을 표정으로 거리낌 없이 지으며 살아가는 건 불가능에 가깝기 때문이다. 감정적인 상사 앞에서 우리 또한 감정적으로 맞설 수는 없으니까. 돈은 벌어야 하고, 이직의 기회는 자주 찾아오니 않으니까.

진실된 나라면 어떠한 표정을 지었을지 알아주는 것만으로도 큰 위안이 된다.

상사가 짜증을 낼 때, 표정은 비록 굳은 척 해도

속으로는 마음껏 화를 내고 불같은 표정을 짓는다. 이러한 나의 반응을 느끼고 가면 뒤의 표정을 이해하다 보면 마음이 가벼워진다. 내가 가식적인 사람이라서가 아니라 단지 관계를 유지하기 위한 수단으로 가면을 쓴다는 사실을 이해하게 된다.

하지만, 가면을 습관적으로 쓰다 보면 진실된 마음이 무엇인지 헷갈리기도 한다. 불쾌한 상황에서도 상대방이 기분 나빠하거나 일이 커질 것을 두려워하여 '웃어요.' 가면을 사용한다면, 그 상황을 우리가 받아들이는 것처럼 상대방에게 보일 수 있기 때문이다. 상대방은 자연스레 비슷한 상황을 자주 연출할 테고, 속내와는 다른 표정을 짓던 우리는 그 상황이 우리에게 어떤 마음을 들게 하는지를 잊은 채, 그저 답답하다는 느낌을 받을 수도 있다.

가면을 쓰는 것이 관계에 있어서 중요한 방법임에는 틀림없지만, 늘 가면을 쓰고 관계를 이어갈 수는 없다. 가면은 우리 마음의 일부일 뿐이며, 대표할 수는 없기 때문이다. 관계의 중요성만큼이나 마음의 파도 또한 거칠게 치는 상황이라면 때로는 과감하게 가면을 벗어던졌으면 한다. 우리 스스로

보다 중요한 관계는 없기 때문이다.

처음 만나는 사람에게 '불편해요.'표정을, 알아
가는 사람에게 '긴장돼요.'표정을, 익숙한 사람에게
'부담돼요.'표정을 자연스럽게 지어보자.

가면을 쓰고 이어가는 관계보다 중요한 것은 우
리의 마음이다. 가면을 쓰되, 우리의 마음이 어떻
게 느끼고 있는지 알아보는 시간을 게을리 하지 말
자. 필요하다면 느껴지는 감정들을 있는 그대로의
표정으로 드러내자. 때로는 이전의 상황을 곱씹으
며, 그때 느꼈던 마음을 상기시키며 자연스러운 표
정을 지어보자. 그 표정이야말로 숨김없는, 우리의
마음이니까.

처음부터 책을 쓰려고 한 건 아니었다. 어디에
라도 털어놓지 못하면 죽을 것 같다는 마음으로 쓴
글들은 모여 책이 되었다. 언제부터인가 나는 혼자
가 아니게 되었다. 글을 쓰며 소중한 사람들과 함
께 살아가고 있다는 사실을 깨달았기 때문이다. 가
족, 친구, 직장동료뿐만이 아니다. 나를 괴롭게 했
던 사람들도 나의 인생에서 중요한 경험을 선물했
다. 만약, 겪지 않았더라면 호수 위의 잔잔한 물결
에도 소스라치게 놀라며 나는 살아가지 않았을까.

혹여나 실망하지는 않았는지 모르겠다. 현재 가
진 고민에 대한 명쾌한 해답을 원했다면 말이다.
우리는 스스로 감당할 수 있을 만큼의 무게를 지
니고 살아간다. 평온해 보이는 사람의 어깨에도 보
이지 않는 짐은 존재한다. 그 짐이 무엇인지는 스

스로가 가장 잘 알고 있으며, 짐을 덜 수 있는 방법
또한 우리는 알고 있다.

　세상의 무게를 견디며 살아가기 위해서는 마음
에게 물어야 한다. 마음은 이미 알고 있다. 우리가
무엇을 원하는지, 어떠한 말을 듣고 싶은지. 다만,
우리가 느끼지 못했을 뿐이다. 혹은 외면하였든가.
힘이 드는 날, 단 몇 분이라도 좋아하는 장소로 찾
아가 마음의 넋두리에 귀 기울이자. 눈물샘을 자극
하는 말들을 나직이 꺼낼 테니까.

　상처와 치유의 이야기가 끝이 났다. 글은 여기
서 끝나지만, 우리의 삶은 이어진다. 책을 덮은 이
후의 여러분의 계획은 어떠한지 궁금하다. 건강하
게 살아왔기 때문에 아무렇지 않다면 다행이다. 그

러나 책 속의 이야기에서 여러분의 삶과 유사한 느낌을 받았다면 스스로를 잠시 돌아보기를 바란다. 먼지 쌓인 상처 꾸러미들의 매듭 풀 날만을 마음은 기다리고 있을 테니까.

이 책을 통해 각자의 위치에서 고군분투하는 여러분들이 희망을 가지고 살아갔으면 좋겠다. 나 같은 사람도 기어코 제 걸음을 세상에 내딛으며 나아가고 있으니까. 여러분들의 행복을 진심을 담아 기원한다.

마지막으로 책이 나오기까지 곁을 든든하게 지켜준, 연인이자 오랜 벗 지영에게 감사의 인사를 전한다.

위로가 될진 모르겠지만

1판 1쇄 발행 ｜ 2020년 03월 24일

지은이 김수호
편 집 박제희

발행인 정영욱 ｜ **기 획** 정영주 ｜ **교 정** 정영주
도서기획제작팀 정영주 김태은 정소연 박제희
디자인마케팅팀 백경희 김혜빈 김혜지 유해인
영업팀 정희목 김상준

펴낸곳 (주)부크럼
주 소 서울특별시 구로구 구로동 237 지하이시티 1813호
전 화 070-5138-9971~3 (도서기획제작팀)
이메일 editor@bookrum.co.kr
인스타그램 @bookrum.official
블로그 blog.naver.com/s2mfairy
포스트 post.naver.com/s2mfairy

제작처 (주)예인미술

ISBN 979-11-6214-325-4